Hans-Manfred Milde

Erzählungen aus Schlesien

Märchen 2

Titelfoto: Hans-Otto Holzapfel
Zeichnungen: hamami
Herstellung und Verlag
BoD – Books on Demand, Norderstedt
ISBN 9783739243542
1. Auflage 2016

Inhaltsverzeichnis:

Das Märchen vom Zwerg Runkel

Cunrod

Was heller strahlt als die Sonne

Die Macht der Krone

Das Märchen vom feuerroten Papagei

Wie Luzifer um eine Seele kämpfte

Das Märchen vom kalten Stern

Wie Rübezahl einen faulen Sägemüller bestrafte

Der König, der seine Zukunft aus den Sternen lesen wollte

Das Märchen vom kleinen Wolf, der die Welt in Unordnung brachte

Das Märchen vom König, dem alles Bunte zuwider war

Das Märchen vom alten Fischer

Das Märchen von der Strohgeige

Die hässliche Prinzessin

Das Märchen vom Mann im Mond

Das Märchen vom Zwerg Runkel.

Unter dem Heuscheuergebirge, im Reich des Zwergenkönigs Arrogant, lebte einmal ein Zwerg, der hieß Runkel. Zusammen mit anderen Zwergen schlug er Gold, Silber und Edelsteine aus den Felsen. Runkel war sehr fleißig. Der Zwergenkönig hatte ihn deshalb schon mehrfach gelobt, was den anderen weniger gefiel. Sie nannten ihn deshalb spöttisch Rübe, was Runkel gar nicht gern hörte.

Eines Tages kam die Tochter des Königs bei einem Spaziergang genau an der Stelle vorbei, an der Runkel soeben eine neue Goldader entdeckt hatte. So sehr das Gold auch funkelte und glänzte, für Runkel strahlte die Schönheit der Prinzessin tausend Mal heller. Ihre zauberhaften Augen, ihr dunkles Haar, ihre zarten Hände, das alles verwirrte den kleinen Zwerg. Sein Herz begann wie wild zu pochen, das Blut schoss ihm in den Kopf und ließ ihn erröten. Und in all seiner Verwirrung tat er plötzlich etwas, was er nie hätte tun dürfen. Runkel kniete vor der Prinzessin nieder und gestand ihr mit einem Lied seine Liebe.

Die Königstochter errötete.
Noch nie hatte ihr jemand ein solch schönes Lied gesungen. Die tiefblauen Augen des Sängers und die Reinheit seiner Stimme drangen tief in ihr Herz. Am liebs-

ten hätte sie ihn umarmt - doch dann durchfuhr sie ein großer Schreck. Ein einfacher Zwerg sang ihr ein Liebeslied, das würde ihr Vater nicht dulden. Die Prinzessin wusste, dass auf Geheiß des Königs bereits Kundschafter in andere Zwergenreiche unterwegs waren, die nach einem Prinz für sie suchen sollten.

„Du bist eine Prinzessin", hatte der Vater immer wieder zu ihr gesagt. „Nur ein echter Prinz ist deiner würdig."

So schenkte sie Runkel nur ein zärtliches Lächeln und machte sich auf den Heimweg.

Kaum vom Spaziergang zurückgekehrt, sah der König die Röte im Gesicht seiner Tochter.

„Mein Kind, was ist dir geschehen?", fragte er erschrocken.

„Ach mein Vater, freut euch. Eine neue Goldader wurde entdeckt. Der Zwerg, der sie fand, hat mir vor lauter Freude ein wunderschönes Lied gesungen."

„Was hat er gesungen?"

„Schöner sei ich als Gold, meine Augen leuchtender als Edelsteine."

Als der König das hörte, wurde er zornig.

„Ein einfacher Zwerg hat dir … ein solch frevelhaftes Lied gesungen? Bringt den Unverschämten sofort hier vor meinen Thron. Ich will ihm eine Lektion erteilen."

Als Runkel die Nachricht erhielt, er solle sofort zum König kommen, glaubte er, die Prinzessin habe dem König von der neuen Goldader erzählt, nun werde er dafür wieder ein großes Lob erhalten. Doch kaum stand er vor seinem König, hallte es laut in seinen Ohren.

„Was fällt dir ein, meiner Tochter, einer Prinzessin, ein Liebeslied zu singen! Bist du vielleicht ein Prinz?"

Eingeschüchtert von dem königlichen Geschrei versuchte Runkel sich noch kleiner zu machen, als er schon war.

„Verzeiht, mein König, ich bin nur ..."

König Arrogant ließ ihn nicht ausreden.

„Wie heißt du?"

„Mein Name ....", stotterte der Beschuldigte, „mein Name ..."

Noch bevor er antworten konnte, riefen die anderen Zwerge:

„Rübe! – Rübe heißt er!"

Runkel schämte sich, so genannt zu werden, und das vor dem König. Zu allem Übel hatte nun auch die Prinzessin seinen Spottnamen gehört. Deshalb schluckte er schnell seinen Ärger hinunter und antwortete:

„Ich heiße Runkel."

Mit dem linken Ohr hatte der Zwergenkönig das Wort *Runkel* vernommen, mit dem rechten Ohr *Rübe*.

„Aha, Runkelrübe heißt er. Was für ein hässlicher Name. Ich will dich hier in meinem Zwergenreich nicht mehr sehen. Schnüre dein Bündel und verschwinde!"

Nun war es gar arg um Runkel bestellt.
Sein schönstes Liebeslied brachte ihm den Rauswurf aus seiner vertrauten Höhle. Wohin sollte er nur gehen? Aber unumstößlich lag fest: der Befehl eines Königs muss befolgt werden. So nahm er das Wenige, was er besaß, band es in ein Tuch und kletterte dem Höhlenausgang entgegen.
Je näher er der Außenwelt kam, umso stärker wurde seine Trauer. Auch seine Angst wuchs von Schritt zu Schritt. Er wusste ja nicht, wie es draußen sein würde. Unter den Zwergen wurde viel von der anderen Welt erzählt, aber nie war es Runkel gelungen, Wahrheit und Märchen auseinander zu halten.
Als er den Höhlenausgang erreicht hatte, verharrte er noch einmal. Das Klopfen der Hämmer war noch immer aus der Tiefe zu hören. Nun würden die anderen Zwerge die von ihm gefundene Goldader aus dem Fels schlagen und vom König dafür mit Lob überschüttet.
„Ungerecht ist es, das Leben", klagte Runkel. „Für das Singen eines Liebesliedes werde ich so hart bestraft."

Er trocknete seine Tränen und öffnete den engen Felsspalt, der vom Zwergenreich hinaus in eine Vorhöhle führte.

Erstaunt sah sich Runkel um.
Wie groß hier alles war. Die Felsen über seinem Kopf waren so hoch, drei Zwerge müssten übereinanderstehen, um sie zu berühren. Wasser tropfte herab.
Plötzlich hörte Runkel fremde Stimmen. Groß gewachsene Gestalten mit ellenlangen Beinen kamen in die Höhle. Einige mussten sich bücken, um nicht mit den Köpfen an die Felsdecke zu stoßen. Alle trugen Schaufeln und Hacken über der Schulter.
„Ihr werds schun sahn, mir finda doas Guld[1]", sagte der, der der Gruppe voran ging. „Ich hoatte nämlich eenen wunderscheenen Troom[2] ei derr letzta Nacht. Gesahn hoab ich, wies gefunkelt hoat hinger den Felsen. Gloobt mersch."[3]

Als Runkel das hörte, vermischten sich in seinem Kopf Angst und schlimme Rachegedanken. Zuerst fürchtete er, diese sonderbaren Wesen würden das Zwergenreich entdecken, vielleicht sogar zerstören. Dann aber dachte er: ‚Sollen sie nur graben, die riesenlangen Geschöpfe. Von mir aus kön-

---

[1] Gold
[2] Traum
[3] Glaubt es mir

nen sie dem König Arrogant, der mich rausgeschmissen hat, alles Gold und Silber stibitzen. Ebenso die Edelsteine. Mir soll es egal sein.'

Und während er so hin und her überlegte, wurden seine Rachegedanken immer stärker. Ein richtiger Verräter wollte er jedoch nicht sein, er könnte aber den Felsspalt, durch den er soeben aus der Höhle herausgeschlüpft war, ein kleinwenig geöffnet lassen - - - dieser Versuchung konnte er nicht widerstehen.

Es dauerte auch gar nicht lange, da entdeckte einer der Langbeinigen den schmalen Spalt. Neugierig schaute er hinein. Als er all das Funkeln und Glitzern sah, stieß er einen Ruf des Erstaunens aus.

„Nee, weeßte, ich gloobs nich! Kummt amol haar![4] Asu woas Scheenes gibt's doch goarnichte nich. Kummt amol und guckt. Hier, genau hier ies ar, der richtige Einstieg. Etz ham mern gefundn!"

Schnell eilten alle herbei, jeder wollte einen Blick in die Schatzhöhle werfen.

Der Obersteiger musste gar kein Wort sagen, schon begannen die Langbeinigen mit ihren Pickeln wie wild auf den Felsen einzuschlagen. Versteckt hinter einem Stein sah Zwerg Runkel dem Geschehen zu.

---

[4] Kommt einmal her

Während die Bergleute hart arbeiteten, huschte Runkel hinaus ins Freie. Die frische Waldluft, die er plötzlich einatmete, angefüllt mit den Gerüchen von Kräutern und Blumen, war er nicht gewohnt. Er wurde schläfrig und legte sich in eine kleine

Mulde, in der wunderbares weiches Moos wuchs, und schlief ein.

Wie lange er geschlafen hatte, wusste der Zwerg nicht. Als er seine Augen öffnete, begann er zu rätseln, wo er sich wohl befände. Über ihm glitzerte und funkelte es, als läge er wieder in seiner vertrauten Höhle. Doch etwas war anders als im Zwergenreich. Eine große, gelbe Scheibe stand über ihm. Ihre dunklen Flecken erschienen ihm wie ein Gesicht.

‚Vielleicht ist das der König, der in dieser Welt regiert', ging es Runkel durch den Kopf. ‚Ob der mich in seinem Reich dulden wird?'

Ihn jetzt schon anzureden traute er sich nicht. Weil es auch einem Zwerg nicht möglich ist, sich noch kleiner zu machen als er schon ist, schloss Runkel die Augen und hoffte, der neue König werde ihn nicht entdecken. Dabei schlief Runkel wieder ein.

Als er viel später erwachte, hatte sich das runde Gesicht über den Bäumen gewandelt. Grelle Strahlen sandte es auf ihn herab, die ihn blendeten.

„In was für eine verrückte Welt bin ich nur geraten", murmelte Runkel vor sich hin und versteckte sich unter einem Fels. Wieder hörte er die fremden Stimmen. Zwischen den unendlich hohen Bäumen näherten sich die Langbeinigen der Höhle, jeder trug eine Holzkiste auf seinem Rücken.

„Vorsichtig!", mahnte der, der voran ging.

„Mir wulln die Felsen uffsprenga, aber nich ins selber ei die Luft joagen. Hinger dem Spalt, den mer gestern entdeckt ham, hinger dem liegt Guld. Alleene mit der Hacke kumma mir doo nich nei. Aber der Sprengstoff, der werd ins doas Luch[5] schun weit genug uffmacha. Gloobt mirsch, baale sein mer reich.[6] Also, passt gutt uff! Ihr wisst, wie schnell doas Zeug explodiern tutt."

Als Runkel diese Worte hörte, erschrak er sehr.

Ein alter Zwerg hatte einmal erzählt, wie schlimm es für ein Zwergenvolk sei, wenn Felsen zerbersten. Der feine Staub verstopfe die Münder und Nasen, und viele Zwerge müssten sterben. Ob Runkel um König Arrogant in Sorge sein sollte, das wusste er in diesem Moment nicht. Vielleicht war es für ein Zwergenvolk wichtig, einen König zu haben, doch darüber wollte er jetzt nicht nachdenken.

Die schöne Prinzessin und alle seine Freunde würden aber auch ihr Leben verlieren. Das stimmte Runkel traurig. So vergaß er seine Verärgerung; vergaß allen Zorn,

---

[5] Loch
[6] Glaubt es mir, bald sind wir reich

der in ihm aufgestaut lag; vergaß sogar die Wut auf den König, der ihn vertrieben hatte.

Jedes Versteck ausnützend, schlich Runkel den Langbeinigen nach. Er sah, wie sie vor dem Eingang zur Zwergenhöhle ihre Kisten vorsichtig öffneten und Päckchen herausnahmen, an denen lange Schnüre hingen. Die Männer sprachen dabei kein einziges Wort, Runkel schien es, als wagten sie kaum zu atmen.

Nachdem alle Päckchen rund um den Eingangsspalt verteilt waren, krochen die Männer rückwärts zum Ausgang der Höhle und wickelten dabei die Schnüre ab.

Runkel überlegte, was jetzt zu tun sei.

Sollte er versuchen, die Schnüre mit seinen kleinen Zähnen abzubeißen? Was er auch tun würde, die Langbeinigen kämen zurück, würden den Schaden beheben und nach dem Übeltäter suchen. Fänden sie ihn, nicht nur sein Leben wäre beendet, sondern auch das des gesamten Zwergenvolkes.

Vor lauter Nachdenken wurde Runkels Kopf knallrot. Nichts wünschte er sich mehr, er könnte ihn in kaltes Wasser stecken. Bei dem Gedanken an ‚Wasser' schreckte er auf. Mühsam versuchte er sich zu erinnern.

Vor langer, langer Zeit war er einmal der Prinzessin, die er so verehrte, heimlich nachgeschlichen, bis dicht an die königlichen Gemächer heran. Gerade in diesem

Moment vertraute der König seiner Tochter ein Geheimnis an.

„Mein Kind", hatte der König damals gesagt, „höre mir gut zu. Sollte einmal eine Wasserader in unsere Zwergenhöhle eindringen und unser Leben bedrohen, kann sie von jedem, der eine Krone trägt, mit einem geheimen Zauberspruch in eine andere Bahn gelenkt werden. Deshalb musst du immer deine Krone tragen, sonst hat der Spruch keine Wirkung. Und merke dir den Zauberspruch gut."

Soweit konnte sich Runkel an das belauschte Gespräch erinnern. Den geheimen Spruch wusste er aber nicht mehr. Er hatte sich damals gedacht: Ich werde nie eine Krone tragen, deshalb muss ich mir das auch nicht merken. Jetzt aber wäre es gut, diesen Zauberspruch zu wissen.

Runkel begann nachzudenken.

Bald neigte er seinen Kopf auf die linke Schulter, dann auf die rechte. Seine Gedanken purzelten wie wild durcheinander. Weil ihm aber keine Lösung einfallen wollte, riss er voller Verzweiflung seine Zipfelmütze vom Kopf und kratzte sich in den Haaren.

Plötzlich hielt er inne. Kratzen! War da nicht etwas mit kratzen gewesen? Wie wild begann er erneut seinen Kopf zu kratzen, und er kratzte und kratzte – da fiel ihm der Zauberspruch des Zwergenkönigs wieder ein.

„Kratze kratze, kritze, kritze,
in diese Ritze
fließe der Strom.
Meine Kron'
sei dafür der Lohn.

Runkels Freude über den wiedergefundenen Zauberspruch hielt aber nicht lange an. Er besaß ja keine Krone, die er dem, der das unterirdische Wasser leitet, hätte geben können.

Vom Höhleneingang drang jetzt lautes Lachen an sein Ohr. Die Langbeinigen schienen mit ihrer Arbeit zufrieden zu sein.

In seiner Verzweiflung begann Runkel den Zauberspruch laut aufzusagen. Einmal. Zweimal. Dreimal. Es kam kein Wasser geflossen.

Da sah er plötzlich einen abgeschlagenen Stein liegen, der hatte so viele Zacken, man konnte ihn glatt für eine Krone halten. Und er glänzte und blinkte und funkelte, auch wenn das keine echten Edelsteine waren, die ihm dieses Leuchten gaben.

Runkel hob ihn trotzdem auf, balancierte ihn auf seinen Kopf und sprach laut und deutlich den Zauberspruch, den er dem König abgelauscht hatte.

„Kratze kratze, kritze, kritze,
in diese Ritze
fließe der Strom.
Meine Kron'
sei dafür der Lohn."

Würdevoll, als wäre er ein König, nahm Runkel seine Steinkrone vom Kopf und legte sie mitten in die große Eingangshöhle, direkt neben die braunen Päckchen. Dann huschte er schnell durch den engen Spalt ins Zwergenreich zurück und verschloss den Eingang.

Es dauerte gar nicht lange, da hörte Runkel hinter der Felswand ein leises Rauschen, das stärker wurde und immer stärker. Gewaltige Wassermassen mussten es sein, die in die Vorhöhle fluteten. Erschöpft, aber auch glücklich hockte sich Runkel auf den Boden. Es war ihm gelungen, die Sprengung zu verhindern. Das Zwergenreich war gerettet!

Doch sein Glücksgefühl dauerte nicht lange.

Aufgeschreckt durch das Rauschen des Wassers eilten die Zwerge herbei. Als sie Runkel am Boden hocken sahen, rief einer:

„Ist das nicht Rübe?"

Andere stimmten ein:

„Ja, das ist Rübe! Unsere Runkelrübe!"

„Der König hat ihn verstoßen."

„Was will er hier?"

„Wir müssen ihn zum König bringen!"

„Ja, bringen wir ihn zum König."

So nahmen sie Runkelrübe in ihre Mitte und führten ihn vor den Thron.

Der Zwergenkönig sah ihn voller Zorn an.

„Du wagst es aus der Verbannung zurückzukehren?"

„Mein König, verzeiht", hauchte Runkel ganz leise. „Ich war in der Verbannung, in die ihr mich geschickt habt. Aber draußen ... draußen ...", hilflos ruderte er mit seinen Armen herum und begann zu stottern.

„Langbeinige Männer ... Kisten ... lange Schnüre dran ... wollten aufsprengen ... unsere Höhle ... da hab ich ... das Wasser ... umgeleitet."

„Du hast eine Wasserader umgeleitet? Wie? Du kennst die Zauberformel?"

Voller Reue kniete Runkel vor König Arrogant nieder und beichtete.

„Verzeiht, mein König. Allein um die Schönheit der Prinzessin zu betrachten, habe ich mich einmal heimlich in ihre Nähe geschlichen. Unglücklicherweise war es gerade jener Tag, an dem ihr, Herr König, eurer Tochter die geheimnisvolle Zauberformel anvertraut habt. Gleich wieder vergessen habe ich eure Worte, aber in der Stunde der großen Not sind sie mir wieder eingefallen."

Voller Missmut sah ihn der König an.

„Der Wassergeist will eine Krone als Geschenk, sonst leitet er die Wasserströme nicht um. Hast du mich nicht nur belauscht, sondern auch bestohlen?"

Zwerg Runkel befürchtete nun das Allerschlimmste.

Wenn der König ihn neben dem Singen eines Liebesliedes jetzt auch noch des Geheimnisverrats und sogar des Diebstahls einer Krone bezichtigten würde, musste er wohl mit der Todesstrafe rechnen. Darum war Runkel plötzlich alles gleich. Mutig erhob er sich, stellte sich aufrecht vor seinen König und streckte seine rechte Hand zur Höhlendecke.

„Schuldig bin ich, weil ich der Prinzessin ein Liebeslied gesungen habe. Aber ich schwöre, nie gestohlen zu haben; schon gar keine Krone. Die geheime Zauberformel, die ich unfreiwillig erlauschte, habe ich nur benützt, um das Zwergenreich zu retten. Das schwöre ich, mein König, bei der Schönheit eurer Tochter."

Der König wusste einen kleinen Moment lang nicht, was er sagen sollte.

Das nutzte Runkel aus und erzählte von dem gezackten Felsgestein, das wie eine Krone ausgesehen habe. Reines Katzengold sei es gewesen, habe aber gefunkelt, als sei es echt.

Als der König das hörte, begann er zu lachen. Und er lachte und lachte, dass bald alle Zwerge herbeiliefen und sich um den Thron drängten. Solch lautes Lachen hatte es im Zwergenreich noch nie gegeben.

Nachdem sich der Zwergenkönig Arrogant seine Lachtränen aus den Augen gewischt hatte, erhob er sich von seinem goldenen Sessel und sagte so laut, dass alle es hören konnten:

„Ein wahrlich kluger und tapferer Zwerg bist du. Wie ein König hast du gehandelt und unser Zwergenreich gerettet. Von nun an sollst du nicht mehr *Zwerg Runkelrübe* heißen, sondern für immer und alle Zeit bist du jetzt: *Prinz Katzengold*.

Wenn deine Liebe zu meiner Tochter noch nicht erloschen ist, soll sie, wenn sie es auch will, deine Frau werden."

Als die Prinzessin das hörte, sprang sie herbei, stellte sich neben Runkel und drückte ihren Kopf ganz fest an den seinen.

So legte König Arrogant seine Hände auf beide Köpfe und segnete sie. Und während der Zwergenkönig noch ein Gebet sprach, flüsterte die Prinzessin Runkel ins Ohr:

„Du musst mir noch viele Liebeslieder singen."

Als Runkel das hörte, wäre er fast gestorben ... vor Glück.

***

Cunrod.

Es gab einmal eine Zeit, in der waren die Städte zum Schutz vor Räubern von einer Mauer umgeben. So auch die kleine schlesische Stadt Freiburg.

Gleich hinter dem Stadttor, in einer der kleinen engen Gassen, lebte einmal eine Familie, die war sehr arm. Oft wussten die Eltern nicht, wie sie ihre große Kinderschar ernähren sollten. So gab der Vater seinen ältesten Sohn, der auf den Namen Cunrod getauft war, bei einem Bäcker in die Lehre. Dort erhielt er zwar für die Arbeit keinen Lohn, konnte sich aber jeden Tag satt essen.

Der Bäcker war ein sehr strenger Mann. Machte Cunrod alles richtig, bekam er kein einziges Wort des Lobes. Unterlief ihm aber mal ein Fehler, dann konnte der Meister schreien und toben, dass es über den ganzen Ring[7] zu hören war.

An einem Wochenende geschah etwas, das den Bäckermeister besonders wütend machte. Abgelenkt von den vielen Arbeiten, die Cunrod gleichzeitig machen sollte, hatte er vergessen, die Brezeln rechtzeitig aus dem Ofen zu holen. Nun war ihre Oberfläche von recht dunkelbrauner Farbe.

„Du weeßt genau, die Brezeln sein fier inseren Bürgermeester, weil der heute sei-

---

[7] der zentrale Platz einer Stadt, in dessen Mitte das Rathaus steht, wird in Schlesien **Ring** genannt

nen Geburtstag feiern tutt. Sull ich mich wegen dir verspotten lassen? Haderlump, elendiger, hau ab! Ich will dich ei meiner Backstubn nich mehr sahn nich. Hoostes[8] verstanden? Hau ab!"

Und während der Bäcker das sagte, hob er seine riesengroße Pratze und drohte, sie dem Buben mitten ins Gesicht zu schlagen. Ängstlich duckte sich Cunrod, drehte auf dem Absatz um und rannte aus der Backstube.

Aber wo sollte er hin? Nach Hause? Dazu war seine Scham zu groß. Mutter würde weinen, die kleinen Geschwister ihn als *Nichtsnutz* verspotten. Und der Vater, was würde der mit ihm machen? Auf alle diese Fragen fand Cunrod keine Antwort und meinte, es wäre am besten, kein Mensch bekäme ihn je wieder zu sehen.

Mit großen Schritten lief er zum Stadttor, wollte aus der Stadt flüchten, irgendwohin, nur weg von hier.

Das mächtige Tor war jedoch wegen umherziehender Räuberbanden auch am Tag geschlossen. Enttäuscht hockte sich Cunrod unter einen Krämerwagen und begann zu weinen. Als er aber plötzlich ein lautes „Hüh!" hörte und die Räder sich zu drehen begannen, wischte er sich schnell die Tränen aus dem Gesicht und kroch unter dem Wagen hervor. Verdeckt durch das

---

[8] Hast du es

große Hinterrad gelang es ihm, an der Torwache vorbei zu huschen.

Zum Glück war es bis zum Waldrand nicht weit.

Gleich hinter den ersten Bäumen suchte Cunrod nach einem geeigneten Versteck unter den tief hängenden Ästen. Nachdem er sich etwas ausgeruht hatte, beschloss er tiefer in den Wald hinein zu gehen, damit ihn ja keiner finden könnte.

Während er so gebückt dahin lief, wäre er beinahe über einen großen Ameisenhaufen gestolpert. In heller Aufregung liefen die kleinen Tiere umher. Voller Empörung schrien sie, es sei eine Frechheit, mit einem Wagen mitten durch ihre Brutnester zu fahren. Wenn sie nur wüssten, wer das gewesen ist, den würden sie schwer bestrafen.

Cunrod ging einige Schritte zurück und machte einen großen Bogen um das zerstörte Nest. Helfen, so meinte er, könnte er den fleißigen Insekten sowieso nicht.

Doch kaum war er zwanzig Schritte gelaufen, spitzte er seine Ohren.

Gar nicht weit entfernt lagerte ein Trupp Banditen neben einem Ochsenkarren. Über einem kleinen Feuer drehte ein verwegen aussehender Mann einen Hirschschenkel, der schon kräftig duftete. Die anderen Männer steckten ihre Köpfe zusammen. Ihren Worten war Böses zu entnehmen. Schnell wurde Cunrod klar:

Das sind Räuber, die einen Überfall auf die Stadt planten.

„Gloobt mersch[9], der Knall inserer Flinten werd ihna eenen gruußen Schrecken eijoagen", lachte der eine, und ein anderer fügte hinzu: „Wie die uffgescheuchten Hühner wern se wegloofen."

„Hurcht amol har!,"[10] befahl der, welcher ihr Hauptmann war. „Zuerscht loassen mirs ins ei oaller Ruhe schmecken. Danoch macha mir een kleenes Mittagsschläfchen wie die feinen Herren."

Lautes Gelächter scholl durch den Wald.

„Hurcht zu! Nochert aber, da stupp mer insere Gewehre. Subald mer dann vor der Stadtmauer stiehn, lussen mersch[11] krachen. Dann wern se doas Tor fier ins schun uffmachen."

Als Cunrod das gehört hatte, wurde ihm klar, wer mit einem Karren mitten durch den Ameisenhügel gefahren war. Am liebsten wäre er sofort zurückgelaufen und hätte den Ameisen verraten, wo die Zerstörer ihrer Brut zu finden seien. Doch dann zögerte er. War es nicht viel wichtiger, den geplanten Angriff auf die Stadt zu verhindern?

---

[9] Glaubt es mir
[10] Horcht einmal her
[11] lassen wir es

Cunrod begann, eifrig nachzudenken. Weil er ein schlauer Bursche war, kam ihm auch schnell eine wunderbare Idee.

Die Ameisen müssten, so dachte er sich, in großer Schar heimlich ins Lager der Bösewichte ziehen. Auf ihrem Weg dorthin könnte jede von ihnen ein Kügelchen aus Lehm mitnehmen. Dann könnten sie an den aufgestellten Gewehren hoch krabbeln und den Lehm in die Läufe der Vorderlader fallenlassen. Schütten die Räuber später das Schwarzpulver hinein und stoßen es mit ihren Ladestöcken fest, würden die Lehmkügelchen am unteren Ende der Gewehrläufe festgestampft. So könnte der Zündfunke das Pulver nicht richtig entzünden, und der Überfall würde zu einem Reinfall.

Was die Ameisen danach noch mit diesen Halunken anstellen, das sollte allein ihre Entscheidung sein.

Nun besaß Cunrod, wie wohl alle Menschen, großen Respekt vor den erregten Krabbeltieren. Als er aber sah, wie die Ameisenkönigin herausgekrochen kam, um sich die Zerstörung mit eigenen Augen anzusehen, legte er sich flach auf die Erde und sprach sie an.

„Verehrte Frau Königin. Euch und eurem Volk ist Bieses[12] geschehn. Ich weeß, die Schäden an ihrem prachtvollen Bau, die wird ihr fleißiges Volk baale wieder beseitigt

---

[12] Böses

habn. Aber eure Trauer ieber die vielen tuut[13] getrampelten Kinder, die vergieht nich asu schnell. Deshalb meen ich, die Schuldigen sullten für ihre Schandtat ooch bießen."[14]

Während Cunrod seinen Plan erläuterte, kam die Ameisenkönigin immer näher heran und hörte aufmerksam zu. Die Pläne des Jungen schienen ihr zu gefallen, und nach kurzer Besinnung gab sie genaue Befehle an ihre Untertanen.

Nachdem der Hirschbraten verzehrt war, wollten die Strolche, wie es verabredet war, noch ein kleines Schläfchen machen. Jeder suchte sich ein geeignetes Plätzchen und bald begann ein munteres Schnarchen.

Die Sonne stand schon recht tief, als der Hauptmann erwachte. Mit seiner harten Befehlsstimme weckte er die anderen Räuber auf und hieß sie, ihre Musketen zu laden.

Bevor die verschlafenen Gesellen das Schießpulver in die Läufe schütten konnten, mussten sie die vielen Ameisen, die an den Schäften ihrer Gewehre hinauf und hinab krabbelten, verjagen. Die Räuber fluchten und schlugen auf die kleinen Tierchen ein.

„Verpucht[15] nochamol! Die beißa sich fest. Ludervulk, elends!"

---

[13] tot
[14] auch büßen
[15] Verflixt

Als sie danach das Schießpulver in die Gewehrläufe schütteten und feststampften, fiel keinem auf, dass der Ladestock nicht so tief eindrang wie sonst. Auch der dumpfe Fall der Kugel irritierte keinen. Ihre Gedanken waren schon längst mit der Verteilung der Beute beschäftigt.

In der Hoffnung auf einen großen Sieg marschierten sie los.

Schon weit vor dem geschlossenen Stadttor begannen sie wild zu schreien. Sie brüllten und fluchten und sangen hässliche Lieder. Die Stadtwache sollte sie ja kommen sehen und vor den drohend in die Luft gestreckten Flinten vor Furcht erzittern.

Erst nahe vor der Stadtmauer blieben die Räuber stehen.

Der Hauptmann rief, so laut er nur konnte:

„Macht's Tor uff, oaber schnell! Sunst erschießen mir anjeden, der ins vor die Flinte kummt!"

Um Schrecken zu verbreiten drückte er auf den Abzugshahn – es war aber nur ein leises „plapp" zu hören. Die Kugel, die herausgeschleudert wurde, flog nicht weiter als ein Mann einen Kirschkern spucken kann.

Erschrocken drückten die anderen Banditen ebenfalls ab, aber mehr als ein „plapp-plapp-plapp" war auch von ihren Flinten nicht zu hören.

Die Wächter, die zuerst verängstigt von der Stadtmauer herabgeschaut hatten, begannen zu lachen. Und ihr Lachen steigerte sich noch, als plötzlich eine riesige Schar angriffslustiger Ameisen über die Schützen herfiel. Wild um sich schlagend liefen die Räuber davon; und auch der Ochse, der den Wagen mitten durch die Brutstube der Ameisen gezogen hatte, bekam lange Beine.

Die Nachricht vom geplanten Überfall eilte wie ein Lauffeuer durch die Stadt. Als Erster kam der Bürgermeister ans Stadttor und wollte sich berichten lassen, was das für ein Geschrei gewesen sei. Die beiden Männer der Torwache hielten sich aber noch immer vor lauter Lachen den Bauch. Der eine ahmte kichernd das „Plapp-plapp" nach, der andere brachte nur „Omsen! Omsen!"[16] hervor.

Da nahm Cunrod allen Mut zusammen, stellte sich aufrecht vor das Stadtoberhaupt und berichtete, was geschehen war.

„Respekt, Respekt", sagte der Bürgermeister. „Wenns asu ies, doass mer die Rettung inserer scheenen Stadt Freiburg **dir** zu verdanken ham, dann sullste heute Abend bei meiner Geburtstagsfeier mein Ehrengast sein."

---

[16] Ameisen

So saß Cunrod am Abend neben dem Bürgermeister an der Festtafel und bestaunte alle Köstlichkeiten, die vor ihm aufgetischt waren. Vieles von dem, was da angeboten wurde, hatte er noch nie in seinem Leben gesehen. Was aber auf dem Tisch fehlte, das waren die Brezeln. Wie sollte man die Tunke vom Schweinebraten aufsaugen? Was neben den Ölsardinen in den Mund stecken? Wohin einen Klecks Butter streichen?

Ein erstauntes Murren lief rund um den Tisch, im Gesicht des Bürgermeisters bildete sich eine tiefe Falte. Da wurde Cunrod plötzlich bewusst, bei wem die Schuld lag. Bei ihm! Hatte er nicht vergessen, die Brezeln rechtzeitig aus dem Ofen zu ziehen? War er nicht deshalb weggejagt worden? Wie sollte der Meister, ohne ihn, rechtzeitig neue Brezeln backen? Vor Scham wünschte sich Cunrod weit weg – doch im gleichen Augenblick betrat der Bäckermeister den festlichen Raum, am Arm einen großen Korb, gefüllt mit frisch gebackenen Brezeln. Eifrig griffen viele Hände danach, doch voller Entsetzen legten alle die Backware schnell wieder auf den Tisch.

„Die sein ja gornich richtig durchgebacken nich!", rief einer, und ein anderer fügte hinzu: „Wullt ihr ins vergackeiern[17], Meester? Der Teeg[18] ies ja noch halber roh!"

---

[17] zum Besten halten?
[18] Teig

Als der Bürgermeister das hörte, erhob er sich und schlug mit der flachen Hand auf den Tisch.

„Schämt euch, Bäcker, mir suwas an meinem Festtage oanzubieten. Hoabt ihr denn keene Brezeln nich, die kräftig durchgebacken sein? Su richtig knacken muss es unter den Zähnen wenn man in eene neinbeißen tutt."

Der Gescholtene verbeugte sich immer tiefer und versprach, er werde umgehend für Ersatz sorgen. In aller Eile lief er davon, zum Glück war die Bachstube gleich auf der anderen Seite vom Ring.

So dauerte es nur wenige Minuten bis der Bäckermeister wieder den Festsaal betrat. Im Korb lagen die von Cunrod zu spät aus dem Ofen gezogenen Brezeln.

Vorsichtig nahm der Bürgermeister eine in die Hand, drehte sie erst nach rechts, dann nach links. Mit spitzer Nase roch er daran und brach sie schließlich auseinander. Es knackte und knisterte, und über das Gesicht des strengen Prüfers zog ein Lächeln.

„Nu ja, nu nee. Doas nenn ich mir eene Meisterleistung! Su sulltet ihr immer Brezeln backen."

Vor Freude über dieses Lob errötete der Bäcker. Als er aber im gleichen Augenblick den von ihm verjagten Lehrjungen an der Festtafel sitzen sah, noch dazu direkt neben dem Jubilar, erblasste er.

Dem Bürgermeister war diese Veränderung nicht entgangen. Deshalb fragte er:

„Sagt amol, Meester, hoat mein Lob vielleicht den Falschen getroffen? Kann's sein, diese köstlichen Brezeln sein goarnichte nich vun euch gebacken wurn?"

Händeringend suchte der Gefragte nach Worten. Da zupfte Cunrod am Rockzipfel des Stadtoberhaupts und flüsterte ihm zu:

„Vergebt ihm."

„Nu wie? Nu woas? Sull das heeßen, diese prächtigen Brezeln hoast goar *du* gebacken? Und nich der Meester?"

Jetzt bestanden alle darauf, die ganze Geschichte zu erfahren.

Als alles erzählt war, stand der Bäckermeister wie ein begossener Pudel vor der Festversammlung. Um nicht auch noch das Wohlwollen der honorigen Kundschaft zu verlieren, versprach er hoch und heilig, er werde diesen *Gesellen* sofort wieder einstellen. Einige klatschten ihm Beifall, der Bürgermeister aber erhob Einspruch.

„Doas kennt euch su zupasse kumm. Eenen sulch klugen Kupp[19] brauch ich an *meener* Seite. Dieser Herr ...", bei diesen Worten zeigte der Bürgermeister mit langem Zeigefinger auf Cunrod, „dieser Herr sull fortan als mein Ratgeber inserer scheenen Stadt Freiburg dienen. Ar kriegt ooch eenen gutten Lohn dafür. Ihr kennt euch ee-

---
[19] Kopf

nen neuen Gesellen suchen. Inser neuer Ratsherr hoat viele Brüder, wie ich weeß, unter denen wird sicher eener zu finden sein, dem doas Brezelbacken gefallen täte."

So wurde aus Cunrod ein geachteter Bürger.
Es machte ihm große Freude, dem Wohle der Stadt zu dienen.
Er vergaß aber auch nie, denen zu danken, die ihm in seiner Not geholfen hatten. An jedem Sonntag ging er in den Wald zum Ameisenhügel. Er befragte die Königin nach ihrem Befinden und dankte ihr. War sie gerade zu sehr mit Eierlegen beschäftigt, bat er die fleißigen Arbeiterinnen, sie mögen seine Grüße weitergeben.
Außerdem ließ er zum Dank für die große Hilfe auf Kosten der Stadtkasse in gebührlichem Abstand um das Nest einen Holzzaun errichten, der für die Ameisen kein Hindernis darstellte; allen anderen aber den Zugang verwehrte. Denn Cunrod hatte aus dieser Geschichte gelernt:

Bist du in Not, verzage nicht;
geht es dir wieder gut,
vergiss die nicht,
die dir geholfen haben.

***

Was heller strahlt als die Sonne.

Es gab einmal eine Zeit, in der durch das schlesische Land Märchenerzähler zogen, welche den Menschen, die nichts von der großen weiten Welt wussten, mit ihren Geschichten aus fernen Ländern eine Freude machten. Besonders in den Wochen vor dem Weihnachtsfest, wenn die Ernte eingebracht war und Holz zum Heizen der Stuben hoch aufgestapelt in den Schuppen lag, gab es Zeit genug, den Märchenerzählern zu lauschen. Tobten gar kalte Winterstürme über das Land, dass der Schnee unter den Füßen knirschte und die Eisblumen an den Fensterscheiben immer größer wurden, waren bei Jung und Alt besonders jene Geschichten beliebt, die von warmen Ländern erzählten.

An einem Tag, an dem der Wind besonders wild ums Grünberger Rathaus blies, hockten wohl an die dreißig bis fünfzig Menschen zu Füßen eines alten Mannes. Alle waren in dicke Pelze gehüllt und drückten sich eng aneinander. Nachdem sich einige Kinder nochmals kräftig ausgehustet hatten, hob der Märchenerzähler seinen Arm hoch in die Luft.
„Hört, Ihr Leut, und lasst euch sagen: Die Geschichte, die ich euch nun erzählen werde, kommt aus einem fernen Land. Sie soll euch nicht nur erwärmen, sie soll euch

auch nachdenken lassen über das, was heller leuchtet als die Sonne. Damit ihr nicht lange herumraten müsst, was das sein könnte, will ich es euch sagen: Es ist die Liebe. Denn die Liebe, so ihrs noch nicht wisst, wärmt mehr als tausend Sonnen. Auch im kältesten Winter."

Noch einmal räusperte er sich, dann begann er zu erzählen:

„Es war einmal ein Land, über dem die Sonne an jedem Tag unbarmherzig brütete. Kaum war sie am Morgen über dem Horizont aufgestiegen, begannen die Menschen eilig nach schattenspendenden Bäumen zu suchen. Und mit ihnen auch ihre Tiere.

In einem weiten Tal - das war so groß, in ihm hätte eure schöne Stadt Grünberg wohl mehr als fünfzigmal Platz gefunden – in diesem großem Tal gehörten alle Bäume dem reichen Bauern Urubu.

Urubu war nicht nur reich, er war auch voller Geiz. So duldete er es nicht, wenn fremde Männer mit ihren Frauen, Kindern und Tieren unter seinen Bäumen Schatten suchten. Nur wenn sie sich bereit erklärten, ihm eines ihrer Schafe oder eine Ziege zu geben, durften sie für einen Tag bleiben.

Als Urubu wieder einmal vom Fenster seines Hauses, das auf einem Hügel stand, sah, wie Menschen mit ihren Tieren ungefragt unter seinen Bäumen Schutz vor den unbarmherzig heißen Strahlen der Sonne suchten, wurde er zornig. Wutentbrannt schickte er seinen Knecht ins Tal, er sollte alle aus dem Schatten der Bäume vertreiben – „es sei denn, sie übergeben dir ein Schaf oder eine Ziege für mich."

Die Bäume in diesem Tal standen aber nicht dicht beieinander, wie hier in euren Gärten. Von einem Baum zum anderen musste der Knecht weit über tausend Schritte laufen. So dauerte es einige Zeit, bis er den Baum fand, unter dem eine größere Schar Menschen und Tiere lagerten.

Kaum hatte er sie erreicht, erklärte er ihnen mit forscher Stimme, was sein Herr angeordnet habe. Und während er so redete, sah ihn der Familienälteste staunend an. Dann breitete er seine Arme aus und begann sich zu freuen.

„Bruder! Du bist doch mein Bruder", rief er. „Erkennst du mich nicht mehr? Vor Jahren war dir das Glück hold. Du hast eine Anstellung gefunden, an welcher dir das tägliche Brot sicher ist. Willst du uns, die wir so viele Jahre schon unter der glühenden Sonne leben müssen, nun aus dem Schatten eines Baumes vertreiben? Elend werden wir zugrunde gehen. Willst du das, mein Bruder?"

Inzwischen hatten auch die Kinder den Knecht erkannt und riefen:

„Onkel! Es ist unser Onkel!"

Mit seiner Lanze drängte der Knecht die Kinder zurück.

„Lasst von mir ab. Es ist meine Pflicht, meinem Herrn zu gehorchen."

„Aber mein Bruder, vertreibst du uns aus dem Schatten, treibst du uns in den sicheren Tod. Gehört das auch zu deiner Pflicht?"

Unschlüssig darüber, was er antworten sollte, wandte er sich den Schafen und Ziegen zu und begann, mit seiner Lanze auf sie einzuschlagen, um sie aus dem Schatten des Baumes, der seinem Herrn gehörte, zu vertreiben.

„Onkel, was tust du?", riefen die Kinder.

„Meine Pflicht tue ich. Nichts als meine Pflicht", antwortete der Knecht und hieb weiter auf die Tiere ein.

Da bewegte sich plötzlich ein Bündel aus bunten Tüchern, welches direkt am Stamm des Baumes lag. Ein Gesicht voller Falten blickte daraus hervor, eine knochige Hand wischte eine Haarsträhne aus den Augen und eine brüchige Stimme fragte:

„Wer spricht hier so laut? Es klingt, als wäre es die Stimme meines jüngsten Sohnes. Hat er wieder zu uns zurückgefunden?"

„Vertreiben will er uns aus dem Schatten des Baumes", sagte darauf der Ältere, doch die alte Frau wies ihn zurecht.

„Niemals vertreibt ein Sohn seine Mutter."

Als der Knecht diese vertraute Stimme hörte, ließ er seine Lanze fallen, warf sich seiner Mutter zu Füßen und flehte:
„Verzeih mir, Mutter. Verzeih."
Schluchzend barg er seinen Kopf in ihrem Schoss.

Weil der Knecht am Abend nicht zurück kam, wuchs der Zorn des Bauern Urubu. Gleich am anderen Morgen schickte er seine Köchin aus. Er wusste, diese war resolut gegen alle Bettler, die ab und an am Tor um Brot oder Wasser baten.
„Jag' alle aus dem Schatten meiner Bäume", befahl er ihr. „Dein Schaden soll es nicht sein. Ich will es dir lohnen."

So zog die Köchin los mit dem festen Vorsatz, es ihrem Herrn - und auch dem untreuen Knecht - zu zeigen. Jedem auf seine Weise. Mit einer langen Peitsche machte sie sich auf den Weg. Immer wieder schlug sie so kraftvoll in die Luft, dass es weithin schallte.
Als der entlaufene Knecht diese Töne vernahm, wusste er sofort, wer vom Berg herabgestiegen kam. Ängstlich umarmte er seinen Bruder und mahnte:
„Lasst uns weggehen von hier. Das schlimmste Weib, das auf dieser Erde lebt, kommt, um uns zu vertreiben. Hörst du ihre Peitschenhiebe?"

„Vor einem Weib sollen wir flüchten? Nur weil sie eine Peitsche hat?"

„Du irrst, Bruder", antwortete der untreu gewordene Knecht. „Sie hat nicht nur eine Peitsche dabei, sondern auch das Recht."

„Was für ein Recht?"

„Das Recht, das besagt: Alle Bäume im Tal gehören dem Bauern Urubu."

„Der Schatten auch?"

„Alles, was einen Baum ausmacht: Stamm, Äste und Zweige, Blüten, Blätter und Früchte. Und auch der Schatten. Auf alles hat der Bauer Urubu sein Recht."

„Woher hat er es, was du Recht nennst?"

„Der König gab es ihm."

„Und wer gab dem König das Recht, solches zu tun?"

„Gott. Gott gab dem König das große Recht. Und der König gab dem Bauern Urubu davon ein kleines Recht. Und der Bauer Urubu gab zuerst mir ... und jetzt diesem Weib das Recht, euch zu vertreiben."

Erstaunt schüttelten alle verwundert ihre Köpfe. Der entlaufene Knecht mahnte aber zur Eile.

„Lasst uns nicht streiten. Kommt, es ist besser für uns."

Hurtig rafften sie alles zusammen und zogen davon.

Als die Köchin zu diesem Schattenbaum kam und weder Menschen noch Tiere vorfand, ärgerte sie sich. Sie war sich sicher, aus der Ferne hier etwas gesehen zu haben. Erschöpft vom schnellen Lauf blickte sie suchend umher. Die flimmernde Hitze ließ den Horizont und alles, was dazwischen war, auf und ab und hin und her wabern. Trotzdem glaubte die Frau, unter einem anderen fernen Baum Gestalten zu sehen. Flugs lenkte sie ihre Schritte dorthin.

So eilte die Köchin den ganzen Tag in der sengenden Sonne von einem Baum zum anderen. Kaum hatte sie einen erreicht, lief sie wütend zum nächsten und weiter und immer weiter. Von Baum zu Baum wuchs ihr Zorn, doch ihr Peitschenknall wurde immer kraftloser. Als die Sonne gegen Abend ihre Hitze verlor und hinter dem Horizont verschwand, legte sich eine wunderbare Stille über das Land. Kein Peitschenknall war mehr zu hören, kein fluchendes Weib mehr zu sehen.

Vom nächsten Tag an war der Bauer Urubu allein.

Da war keine Köchin mehr, die ihm einen Hirsebrei kochte; da war kein Knecht mehr, der das Vieh versorgte. Der Bauer war der Arbeit seit langem entwöhnt. Es gelang ihm nicht einmal mehr, den vollgefüllten Wassereimer aus dem Brunnen hochzuziehen, obwohl ihn der Durst plagte. So dauerte es nur wenige Tage, und die Aasgeier kreisten über dem Haus auf dem Berg.

Von nun an konnten die Hirten in den Tälern wieder friedlich ihrer Wege ziehen. Der Knecht, der endlich wieder ein freier Mann war, trug seine Mutter auf seinem Rücken von einem Schattenbaum zum anderen. Dabei leuchtete aus seinen Augen die Liebe, die unendlich große Liebe des Sohnes zu seiner Mutter."

Nachdem er seine Geschichte zu Ende erzählt hatte, schwieg der Märchenerzähler für einen Moment; dann fügte er noch hinzu:

„Nun habt ihr es gehört und bewahrt es in euren Herzen. Mag das Himmelsgestirn im Sommer auch hier in Grünberg noch so hell leuchten, die Liebe ist es, die heller strahlt als die Sonne."

***

Die Macht der Krone.

Östlich der Oder lebte einmal ein junger König, dem war es eine große Lust, auf einem seiner schnellen Rösser im wilden Galopp über Felder und Wiesen zu galoppieren. Ihm war es gleich ob die frische Saat auf den Äckern ihr erstes, zartes Grün der Frühlingssonne entgegenstreckte oder ob das Brotgetreide schon in voller Reife stand. Mitten hindurch jagte er sein Pferd. Ihn störte es nicht, wenn die Bauern flehend ihre Arme in die Höhe streckten; wenn Kinder, die auf den abgeernteten Feldern fleißig die letzten Halme aufsammelten, ängstlich schreiend wild durcheinander liefen. War er voller Übermut, hetzte er sein Pferd sogar durch Dornenhecken und dichte Wälder.

Und so geschah eines Tages, was einmal geschehen musste.

Bei einem dieser wilden Ritte stolperte der Rappe über eine unter Laub versteckte Wurzel. Der König stürzte und verlor für kurze Zeit sein Bewusstsein. Als er wieder zu sich kam, griff er an seinen schmerzenden Kopf und bemerkte, er hatte seine Krone verloren. Auch sein Pferd war nirgendwo zu sehen.

Mühsam raffte er sich auf und begann, nach beidem zu suchen.

Am gleichen Tag zog ein alter Schäfer mit seiner kleinen Herde durch diese Gegend. Vom langen Wandern war er müde geworden. Um auszuruhen lehnte er sich am Rand des Waldes an einen Baum und sah seinen Schafen beim friedlichen Grasen zu. Er wollte sich gerade seine Pfeife stopfen, da jagte plötzlich ein Reiter im wilden Galopp direkt auf ihn zu. Mitten durch die Schafherde hindurch trieb er sein Pferd, und es war wie ein Wunder, dass keines der Tiere verletzt wurde. Doch der Schreck ließ sie laut aufschreiend tief in den Wald hinein flüchten.

Es dauerte eine Weile bis sich der alte Schäfer von seinem Schreck erholt hatte. Dann schüttelte er bedächtig seinen Kopf, steckte die kalt gebliebene Pfeife in seine Umhängetasche und machte sich geduldig auf die Suche nach seinen Schafen.

Nachdem er eine Weile gelaufen war, sah er plötzlich etwas blinken und funkeln. Behutsam ging er näher heran und sah, aufgespießt an einem Dornenast, eine goldene Krone.

„Nu guck amol", sagte er zu sich selbst. „Der Keenig selber ies es gewaast[20], der mir und meinen Schafen eenen sulch grußen Schrecken eingejoagt hoat."

---

[20] der König selber ist es gewesen

Voller Ehrfurcht blickte er zu dem über ihm hängenden Zeichen der Macht. In den Märchen, die er in den Wintermonaten Männern, Frauen und Kindern erzählte, strahlten Königskronen immer Würde, Macht und Hoheit aus. Verunsichert fragte er sich, ob er nun vor dieser im Baum hängenden Krone sein Knie beugen müsse? So schnell fiel ihm keine Antwort ein. Doch dann überzog ein Lächeln sein Gesicht, und er sagte mit leiser Ironie in der Stimme:

„Ich werd se inserem Keenig zurückbringa. Ar kennte sich sunst wohl recht nackig vorkummen."

Mit seinem langen Hirtenstab bog er den Ast, an dem die Krone hing, vorsichtig zu sich herab. Seine Finger zitterten, als er das goldene Würdezeichen, geschmückt mit wertvollen Edelsteinen, in seinen Händen hielt. Nachdenklich betrachtete er es von allen Seiten, doch der kurz aufflammenden Versuchung, sie auf seinen Kopf zu setzen, widerstand er. Sorgfältig verwahrte er das wertvolle Stück in seinem Tragebeutel und ging weiter, um nach seinen Schafen zu suchen.

Während er weiterlief, begann er zu grübeln.

Ist es allein der Besitz einer Krone, was einen Mann zum König macht? Bin ich jetzt ein König, auch wenn ich das Zeichen der Macht in meinem Beutel verberge? Oder bin ich nur dann ein König, wenn ich die Krone auf dem Kopf trage?

Während er so nachdachte, kam er an einem Bach vorbei. Um seinen Durst zu stillen, kniete er am Wasser nieder. Je tiefer er seinen Kopf senkte, umso deutlicher blickte ihm sein von weißen Haaren umrahmtes Gesicht entgegen. Noch bevor sein Mund das Wasser berührte, hielt er inne.

„Nee, weeßte Aaler,[21] wenn ich dich asu oagucke,[22] du schaust schun een bissel

---

[21] Nein, weißt du Alter
[22] so angucke

recht miede[23] aus", grummelte er leise zu sich selbst und stellte sich gleichzeitig die Frage, wie *er* wohl aussehen würde, trüge *er* eine Krone.

Da konnte er der Verlockung nicht mehr widerstehen.

Vorsichtig kramte er das Goldstück hervor und setzte es auf seinen Kopf. Als er sein gekröntes Haupt im Wasser sah, erschrak er vor sich selbst. Schnell nahm er die Krone wieder ab, setzte sie aber wieder auf, nahm sie ab, setzte sie auf, nahm sie ab, und jedes Mal betrachtete er sein Spiegelbild ganz genau.

„Wo ies denn da der Unterschied?"

Nach langem Sinnen glaubte er die Antwort gefunden zu haben. Sah er seinem, im Wasser gespiegelten Gesicht in die Augen, war er der gleiche Mann wie eh und je; richtete er aber seinen Blick auf die Krone, war aus ihm ein anderer geworden. Lächeln erhob er sich, nahm das Zeichen der Macht vom Kopf und steckte es wieder in seinen Beutel. Er wollte kein anderer sein, als er sein Leben lang gewesen war.

Da drang plötzlich aus der Mitte des Waldes lautes Geschrei in seine Ohren. Schnell lenkte er seine Schritte in diese Richtung. Aus der Deckung eines Baumes heraus sah er zwei Männer, die sich feindselig gegenüberstanden. Drohend schwan-

---

[23] müde

gen sie ihre Beile und schienen bereit, einander die Köpfe einzuschlagen. Obwohl er fürchtete, zu alt und zu schwach zu sein, um die Tobenden zu beruhigen, wollte er sich dennoch einmischen,

Mutig trat er aus dem Schutz der Bäume hervor und ging auf die Streitenden zu.

„Lasst ab vun eurem Streite. Ihr kenntet euch eenen Schaden zufügen, den ihr später bitter bereuen tutt."

Für einen Moment ließen die Männer ihre Äxte sinken und blickten dem Ankömmling entgegen. Das nutzte der Schäfer aus und stellte weitere Fragen.

„Woas erzürnt euch asu? Um woas gieht denn eure Streiterei? Kann ich euch mit eenem gutten Rate behilflich sein? Erklärts mir haalt, woas euch doas Blutt ei a Kupp[24] nei treibt."

Während einer der Männer den Alten anbrüllte, er solle sich nicht einmischen, zeigte der andere auf einen am Boden liegenden Baum.

„Dar Boom gehört mir, weil er uff meener Gerechtigkeit liegen tutt."

„Lügner!", tobte jetzt der andere zurück. „Ar ies der meine, weil ar uff meener Seite gewurzelt hoat."

Der Schäfer hob beschwörend seine Arme und riet, den Stamm in der Mitte zu teilen. Jeder möge sich mit der Hälfte begnügen, das sei doch besser, als sich die

---

[24] das Blut in den Kopf

Köpfe blutig zu schlagen. Für einen Moment verharrten die beiden in ihrem Streit und blickten sich in die Augen. Darin blitzte aber noch immer der alte Zorn. Und schnell begannen sie wieder zu wüten.

Was er sich einmische, schrien sie den Fremden an. Er solle sich wegscheren, sie seien Mannes genug, den Streit auszufechten. Da sie ihre Beile nun auch gegen den Alten erhoben, wandte sich dieser ab und ging betroffen davon.

Sofort erhob sich unter den Köhlern wieder das laute Gezänk.

Kaum hatte der Schäfer den Schutz des nahen Wäldchens erreicht, hörte er, wie die Äxte erneut gegeneinander schlugen. Nachdenklich blieb er stehen. Da erinnerte er sich der Krone. Die Gelegenheit, ihre Kräfte zu erforschen, schien ihm günstig. So nahm er seinen Mantel ab und wendete ihn von innen nach außen. Mit einem Messer schnitt er seinen Bart kurz, damit ihn die Männer nicht wiedererkennen. Seinen staubigen Wanderhut steckte er in seinen Beutel, zog dafür die goldene Krone hervor und setzte sie auf seinen Kopf.

Angelockt von den lauten Stimmen war auch der richtige König bei der Suche nach seinem Pferd zu dieser Waldlichtung gekommen. Aus der Ferne hatte er zugehört, wie der Schäfer versuchte, den Streit der

Männer zu schlichten. Die Worte des Alten hatten ihm gefallen, als er nun aber sah, wie der Alte *seine* Krone in den Händen hielt und auf den Kopf setzte, wollte er laut aufschreien – hielt sich dann aber zurück.

Seine Augen verfolgten den alten Mann, wie der gekrönten Hauptes aus dem Schutz der Bäume heraus trat.

Als die Streitenden diesen *König* kommen sahen, verstummten sie, legten ihre Äxte weg und knieten ehrfürchtig nieder. In gebührlichem Abstand blieb der gekrönte Schäfer stehen und forderte die beiden auf, ihren Streit zu erklären.

„Gnädiger Keenig, ich bin een ehrbarer Köhler. Mein Meiler stieht uff dieser Seite vum Wolfsberg …", sagte der eine, und der andere rief: „…mei Meiler stieht uff der anderen Seite vum Berge!"

Dem vermeintlichen König fiel es nicht leicht, in der Schriftsprache zu reden.

„Und ihr streitet um diesen Baum? Gibt es nicht genug Bäume in diesen Wäldern?"

Weil beide gleichzeitig antworten wollten, wies der Alte mit seinem Finger auf den einen.

„Sprich du."

„Alle Bäume gehören doch Euch - dem Keenig. Erlaubt hoabt ihr ins, blußig sulche zu Hulzkohle zu brenna, die der Sturm oder der schwere Schniee umgebrocha hoat."

Dann wies er auf den anderen:

„Nun du."

„Dieser Stamm dohier, gnädiger Keenig, der liegt quer ieber insere Grenze. Aber das meiste vum Boom liegt uff meiner Seiten, deshalb gehieert ar[25] mir."

Der ausgestreckte Zeigefinger des *Königs* schwenkte zum anderen Köhler.

„Gewurzelt hoat ar uff meener Seiten, deshalb ies ar der meine."

„Und wegen dieses einen Baumes wollt ihr euch die Köpfe blutig schlagen? Oder euch gar töten? Was wird dann aus euren Weibern? Und aus euren Kindern?"

Die beiden Köhler senkten verlegen ihre Köpfe.

Der alte Schäfer, der bereits merkte, wie schwer es ist, eine Krone zu tragen, befahl den beiden, gemeinsam den Stamm auszumessen, seine Mitte festzulegen und dort den Baum zu teilen.

Ohne zu widersprechen taten sie, was ihnen geheißen war und dankten dem König für seine Klugheit und Gerechtigkeit.

Der aber ließ beide noch einmal niederknien.

„Und nun schwört mir, nie mehr um einen Baum zu streiten. Schwört, nie mehr mit den Äxten aufeinander einzuschlagen."

Die beiden Köhler schwörten, was der, den sie für ihren König hielten, von ihnen verlangte. Als das geschehen war, wandte

---

[25] gehört er

sich der alte Schäfer würdevoll um und ging dorthin zurück, woher er gekommen war.

Kaum im Schutz der Bäume angekommen, stellte sich der junge König in seinen Weg.

„Ein gar weiser Mann seid ihr – doch mit welchem Recht tragt ihr meine Krone?"

Verlegen nahm der alte Schäfer die Krone vom Kopf und reichte sie dem, der sie beim wilden Ritt verloren hatte.

„Verzeiht, mein Keenig, doass ich se uff meinem Kupp gehabt hab. Doch Ihr hoabts wohl mit eigenen Augen gesahn und mit euren Ohren gehiert: Die Weisheit alleene genügt den Menschen nich. Sie gehorchen nur den Zeichen der Macht."

Der junge Monarch umfasste die alten Hände, die ihm zurückgeben wollten, was ihm gehörte.

„Du hast recht, diese Krone verleiht die Macht, über die Menschen zu herrschen. Du bist voller Weisheit. Lass uns zusammenbleiben, damit sich das eine mit dem anderen vereint. Ich will auch für dich eine Krone fertigen lassen, wenn du mit mir ..."

Der alte Schäfer wagte es, den jungen König zu unterbrechen.

„Nu ja, nu nee. Verzeiht, wenn ich euch widersprechen tu. Aber, doas sulltet ihr schun wissen: Die Weisheit bedarf keener Krone nich, sie ies selber eene."

Vorsichtig löste der Alte seine Finger von denen des Königs. Der aber wollte ihn nicht so rasch gehen lassen und bat um einen guten Rat, wie er Weisheit erlangen könne.

„Lernt zuerscht amoll, euch salber zu zügeln. Danach euer Pferd. Weisheit kann niemand erjagen. Sie zu erwerben bedarf es der Ruhe und eenes liebevollen und gütigen Herzens."

Nach diesen Worten wandte sich der Weißhaarige um und ging, seine verlorenen Schafe zu suchen.

***

Das Märchen vom feuerroten Papagei.

In einem wunderschönen Schloss im Isergebirge lebte einmal eine kleine Prinzessin. Obwohl sie noch ein Kind war, interessierte sie sich für alles, was rings um sie herum geschah. Besonders liebte sie die Vögel. Ihr Vater, ein reicher König, ließ deshalb an der schönsten Stelle im Schlossgarten eine große Voliere erbauen, in der sogar ein kleiner Bach über kunstvoll aufgestellte Felsen plätscherte. So konnten viele Vögel gesellig miteinander leben und jeder fand das Plätzchen, das ihm am meisten behagte.

Eine große Dienerschar wurde beauftragt, die Vögel gut zu versorgen. Trotzdem ließ es sich die kleine Prinzessin nicht nehmen, jeden Tag selbst nach ihren Lieblingen zu sehen. Voller Freude lauschte sie ihrem Zwitschern und streute als Dank eine Extraportion Futter aus.

Jedes Mal, wenn sie die Voliere betrat, kam zuerst der feuerrote Papagei herbeigeflogen, setzte sich auf ihre Schultern und krächzte dem Mädchen ins Ohr:

„Ich liebe dich! Ich liebe dich!"

Das gefiel ihr sehr. Als Dank für diese liebevolle Begrüßung bot sie ihm die mitgebrachten Nüsse direkt von ihren Lippen an. Die Zartheit, mit welcher der Papagei ihren Mund berührte, der herrliche Glanz seiner roten Federn, sein kunstvolles Nachahmen einer menschlichen Stimme, dies alles hatte ihn schnell zu ihrem Liebling gemacht.

Aber auch alle anderen Vögel erfreuten ihr Herz. Die vielfältigen Farben der Gefieder, der liebliche Gesang der unterschiedlichen Stimmen, daneben das Plätschern des klaren Wassers, das alles war für die kleine Prinzessin die reinste Freude. Wenn sie so inmitten des Tirilierens stand, das leise Schwingen der Flügel verspürte, da glaubte sie, schöner könne es auch im Paradies nicht sein.

Eines Morgens, die Sonne war noch nicht aufgegangen, hörte die Prinzessin durch das geöffnete Fenster ihres Schlafgemachs eine Vogelstimme, die ihr fremd vorkam. Schnell schlüpfte sie aus dem Bett, streckte ihren Kopf in die klare Morgenluft und lauschte dem unbekannten Klang.

Zu gern wäre sie hinausgelaufen auf die taufrische Wiese, sie fürchtete aber, die Wachen würden sie zurückhalten, würden zuerst den König oder die Königin aufwecken, um nachzufragen, ob die kleine Prinzessin in dieser frühen Morgenstunde schon den Schlossgarten verlassen dürfe.

Ihre Neugier auf den unbekannten Vogel wurde aber immer größer.

Da erinnerte sie sich an die alte Kleiderkiste, in der verschiedene Hosen und Jacken für den Kostümball aufbewahrt wurden. Schnell kramte sie eine alte Männerhose und eine Joppe aus der Truhe hervor und schlüpfte hinein. Die viel zu langen Hosenbeine krempelte sie hoch, ebenso die Ärmel der geflickten Joppe. Ihre langen Haare versteckte sie unter einer Schildmütze. Wie ein Straßenjunge sah sie aus. Um nicht barfüssig zu laufen, nahm sie noch ein Paar Holzpantoffeln mit, behielt sie aber vorerst noch in der Hand, damit das Klappern auf den Treppen niemand aus dem Schlaf wecken konnte.

So kam die Prinzessin ungeschoren bis zum Schlosstor.

Der Wache rief sie mit verstellter Stimme zu, sie habe den Auftrag, auf der Wiese den Zaun zu kontrollieren, bevor die Pferde aus dem Stall gelassen werden. Der Wachsoldat war noch recht verschlafen und ließ den vermeintlichen Stallburschen einfach passieren.

Schnell huschte die Prinzessin hinaus und lief immer der Stimme des geheimnisvollen Vogels nach. Zu gern hätte sie den fröhlichen Sänger auch gesehen. Sobald sie aber nahe bei ihm war, huschte der Vogel davon und sang an einer anderen Stelle sein Lied.

Die Prinzessin war so entzückt von dem wunderbaren Gesang, dass sie dem Vogel immer weiter über die Wiesen und durch die Wälder folgte, bis sie zuletzt nicht mehr wusste, in welcher Richtung das Schloss lag.

Kaum beleuchtete der erste Sonnenstrahl die Spitzen der Bäume, hüllte sich der bislang so eifrige Sänger in tiefes Schweigen.

Der Prinzessin wurde ganz bang und sie begann zu rufen:

„Hier bin ich!"

In der Nähe des Schlosses bedurfte es nur dieses Rufes und schon eilten die Diener herbei, sie nach ihren Wünschen zu befragen. Hier aber, im tiefen Wald, antworteten ihr nur die grunzenden Wildschweine und das Gesumm der Bienen. Die ungewohnten Holzpantoffeln drückten an ihren Füßen und die Feuchtigkeit der Gräser kroch an ihren Beinen hoch. So sehr sie auch rief: „Hier bin ich!" - niemand hörte sie.

Kreuz und quer lief sie durch den Wald, mal gen Sonnenaufgang, dann wieder in eine andere Richtung.

Plötzlich sah die Prinzessin zwischen den Bäumen eine aus Tannenreisern erbaute Hütte. In ihrer Hilflosigkeit begann sie erneut zu rufen:

„Hier bin ich!"

Da trat ein alter Mann zwischen den Bäumen hervor und fuhr sie schroff an:

„Woas plärrste denn asu laut eim Walde rum?"

„Ach, bitte helft mir. Ich habe mich verlaufen."

„Verloofen? Wu willste denn hie?"

„Ins Schloss möchte ich. Ins Schloss des Königs."

Der Alte trat näher heran, strich sich mit beiden Händen den langen Bart, der ihm bis zum Bauch reichte, rieb sich die verschlafenen Augen und begann zu lachen.

„So, so! In das Schloss willst du", höhnte er und ahmte ihre vornehme Sprache nach. „Ins Königsschloss. Gleich erzählste mir noch, du wärscht een kleener Prinz."

„Ja, nein", stotterte die Prinzessin herum.

„Nu, woas ies nu? Ja oder nee? Sulch aale Klamotten, schmutzige Fisse[26], klobige Hulzpantoffeln? Nee, guck amol. Eenen Prinz hoab ich mir immer ganz andersch firgestellt."

Hatte der alte Mann bisher, bei allem was er sagte, höhnisch gelacht, änderte sich plötzlich der Ton seiner Stimme.

„Meenste vielleicht, ich loass mich von dir Rotzlöffel belaatschkern?"[27]

Drohend erhob er seine Hand, als wolle er zuschlagen. Schnell wich die Prinzessin ein paar Schritte zurück, zog ihre Kappe vom Kopf und schüttelte ihr langes, blondes Haar aus.

---

[26] Füße
[27] für dumm verkaufen

„Ich lüge nicht. Ich bin eine Prinzessin! Mein Vater ist der König und meine Mutter die Königin!"

Blitzschnell sprang der Alte nach vorn, packte die Haare der Prinzessin und drehte sie in seiner Hand zu einem Knoten.

Das Mädchen glaubte, ihr würde die Kopfhaut abreißen.

„Und ich – weeßte wer ich bin? Ich bin der Kaiser von China! Ob du's gloobst[28] oder nich."

Zornig zog er die Prinzessin hinter sich her und band sie mit ihren eigenen Haaren an einem Baum fest. So musste das Mädchen den ganzen Tag aushalten. Als es zu dunkeln begann, stieß der Alte einen lauten Pfiff aus. Es dauerte gar nicht lange, da kam ein großer schwarzer Hund aus dem Tannendickicht und legte sich vor seine Füße. Die rote Hundezunge hing weit aus dem Maul heraus.

„Mir hon eenen passablen Gast", sagte der alte Mann zu seinem Hund. „Pass mer gutt uff. Sie ies eene Prinzessin. Ihr darf nischte nischt passieren."

Dann band er die weinende Prinzessin los und stieß sie vor sich her in seine Hütte.

„Durte uff dem Stroh, da konnste schloafen. Ab munne[29] wirschte mir helfa bei meiner Arbeet. Brennhulz für den langa Winter brauch ich. Doas wirschte mir herschleppen

---

[28] glaubst
[29] morgen

... und, merk' dirs ... mei Satan, doas ies der Hund, der wird uff dich uffpoassen, damit der nichts passieren tutt. Habt ihr beeden mich verstanden?"

Der schwarze Hund hob seinen großen Kopf und bewegte ihn derart, dass man meinen konnte, er habe alles verstanden. Die Prinzessin aber rollte sich ganz eng zusammen und weinte sich in den Schlaf.

Am nächsten Morgen erwachte die Prinzessin schon sehr früh. Vor der Hütte prasselte ein lautes Feuer. Am liebsten hätte sie wieder geweint, aber der Bärtige schrie sie an, sie solle sich sputen, er habe Hunger.

„Hull mir frische Waldbeeren. Der Satan weeß, wo die scheensten Beeren wachsen."

Kaum hatte der Alte diese Worte ausgesprochen, hob der Hund seinen Kopf, schüttelte sein struppiges Fell und lief voraus in den Wald. Die Prinzessin fürchtete sich sehr: vor dem alten Mann, vor dem schwarzen Hund und auch vor dem noch dunklen Wald. Ihr blieb aber keine Wahl. So steckte sie ihre langen Haare wieder unter ihre Mütze und folgte dem Hund.

Im Schloss hatte man das Verschwinden der kleinen Prinzessin längst entdeckt. Jeder, der gesunde Beine und gute Augen besaß, rannte los, um die Verlorene wiederzufinden. Jedes Zimmer im großen Schloss wurde mehrfach durchsucht. Bis hinauf in den höchsten Turm, bis hinunter in den tiefsten Keller eilten die Bediensteten. Jede Stunde mussten die Trompeter vom hohen Schlossturm herab ihre Signale blasen, sogar bis in die halbe Nacht hinein.

Die Königin war zuerst ins Vogelhaus geeilt, hatte hinter jeden Stein, hinter jeden Busch geblickt. Der König jagte mit seinen Reitern hinaus in die naheliegenden Wälder. Reisende, die am Schloss vorbeizogen, wurden befragt, ob sie ein langhaariges, blondes Mädchen gesehen hätten, das sich im Wald verirrt habe.

Alle schüttelten nur ihre Köpfe.

Nach drei Tagen kam ein Wanderbursche am Schloss vorbei. Von der Schlosswache wurde er peinlichst befragt, ob er die Prinzessin gesehen habe. Er wusste aber nur zu erzählen, tief im Wald sei er einem alten Mann begegnet, der habe mit einem kleinen Jungen Holz gesammelt. Beide trügen alte, zerrissene Kleider. Um eine langhaarige, blonde Prinzessin könne es sich dabei nun wirklich nicht handeln.

So wusste bald keiner mehr, wo noch zu suchen wäre. Eine tiefe Traurigkeit erfasste alle im Schloss, besonders aber den König und die Königin.

Was aber bei aller Aufregung des Suchens keiner bemerkt hatte: die Tür der Voliere war offen geblieben. Der feuerrote Papagei, der Lieblingsvogel der kleinen Prinzessin, nützte diese Gelegenheit und flog hinaus in den Park.

Laut krächzend flatterte er von Baum zu Baum und rief immer wieder und wieder:

„Ich liebe dich! Ich liebe dich!"

Als die Leute das hörten, wussten sie nicht, ob sie lachen sollten, oder sich grämen. Käme die Prinzessin zurück und ihr Lieblingsvogel wäre nicht mehr in der Voliere, das Kind würde sehr, sehr traurig sein. Vielleicht aber gelang dem Papagei, was den Menschen bisher nicht gelungen war? Vielleicht würde er die Prinzessin wiederfinden. Soll er nur herumfliegen und schreien, dachten sie sich dann, die Prinzessin wird seine Stimme hören und so den richtigen Weg zurück zum Schloss finden.

So vergingen wieder einige Tage.

Die Prinzessin war nicht zurückgekehrt und auch der feuerrote Papagei blieb verschwunden. In ihrer Trauer trug die Königin nur noch schwarze Kleider und einen Schleier vor dem Gesicht, damit keiner ihre verweinten Augen sehen konnte. Der König versprach jedem, der ihm die Tochter zurückbringt, eine goldene Münze. Seinen Rittern dazu einen hohen Orden.

Jeden Morgen wurde die Suche nach der Prinzessin im Schloss und im Garten fortgesetzt. Alles ohne Erfolg. Der feuerrote Papagei, der das lange Fliegen nicht mehr gewöhnt war, musste sich immer wieder

ausruhen. Wo er auch saß, immer wieder schrie er, so laut er nur konnte:
„Ich liebe dich! Ich liebe dich!"
Hörte er keine Antwort, erhob er sich, flog ein paar Bäume weiter und wiederholte seine Rufe.

Endlich glaubte er eine vertraute Stimme zu hören.
Sie klang nicht so lieblich, wie die der Prinzessin. Aber irgendwie ähnelte sie ihr. Vorsichtig hüpfte er tiefer hinab, wagte sich dann sogar bis zum Waldboden hinunter … da sah er seine Prinzessin!
Voller Freude flog er zu ihr hin und wollte sich auf ihre Schulter setzen. Da sprang ein großer schwarzer Hund aus dem Gebüsch und schnappte nach ihm. Mit großer Mühe gelang es dem Papagei im letzten Moment, sich auf einen Ast zu retten. Seine längste Schwanzfeder blieb aber zwischen den Zähnen des Hundes stecken.
Aufgeweckt von dem Lärm trat der Alte aus seiner Hütte.
Erstaunt sah er den ungewöhnlichen Vogel, der noch immer vor Schmerz über die verlorene Schwanzfeder laut kreischte. Der Papagei begann sich jedoch zu freuen, denn er glaubte, dieser Mensch werde den bösen Hund verjagen.
Weil er aber nichts anderes in der Menschensprache reden konnte, als die be-

kannten Worte, wiederholte er immer wieder seinen bekannten Spruch:

„Ich liebe dich! Ich liebe dich!"

Zuerst lachte der Alte über den seltsamen Vogel. So etwas hatte er in seinem langen Leben noch nicht erlebt. Dann eilte er in die Hütte und holte seine Steinschleuder. In seinen Gedanken sah er schon einen wunderschönen Braten auf dem Spieß stecken.

Das erste Geschoss flog dicht am Kopf des feuerroten Papageis vorbei, das zweite streifte sein Federkleid. Voller Angst um ihr Lieblingstier sprang die Prinzessin an dem Alten hoch, wollte ihm die Schleuder entreißen – doch mit einer schnellen Armbewegung warf der Alte das Mädchen ins Gras und drohte ihr mit erhobener Hand.

Und während das alles geschah, floh der Papagei wieder hinauf auf die höchste Baumspitze. Hilfesuchend sah er sich um, krächzte und plärrte, dass es alle Geschöpfe unter dem Himmel erbarmen musste.

In einem nahen Wald lebte eine große Vogelfamilie. Alle trugen tiefschwarze Federn. Ihre Stimmen waren der eines Papageis ähnlich, und so verstanden sie auch die lauten Hilfeschreie. Verwundert horchten sie auf, tuschelten untereinander und flogen dann gemeinsam dorthin, von wo dieses Gezeter herüber klang.

Ihr Erstaunen war groß.

Da saß ein Vogel im roten Gefieder. Sein Kopf war bunt und zu all dieser Schönheit besaß er noch einen so langen Schwanz, wie sie noch nie einen gesehen hatten.

„Er muss unser König sein", raunten sie sich zu und beschlossen, ihm ihre Dienste anzubieten.

Das hörte der Papagei natürlich mit großer Freude.

„Wenn ihr mir helfen wollt, so verjagt diesen alten Mann dort unten. Und seinen elenden Köter. Sie halten meine Prinzessin gefangen. Helft mir, sie zu befreien!"

Dann wechselte er seine Stimme und rief nach unten:

„Ich liebe dich! Ich liebe dich!"

Zuerst waren die schwarzen Vögel verwundert, dass ein Vogel einen Menschen liebt - dachten sich aber:

„Wer ein König ist, der darf das wohl."

Aber, wie sollten sie dem schönen Königsvogel helfen?

Es begann ein großes Palaver. Dabei wurde der Stimmenlärm der schwarzen Vögel so laut, dass der Hund zu jaulen begann und sich in seine Hütte verkroch.

Der alte Mann, verärgert über dieses Getöse, begann zuerst an den Bäumen zu rütteln, um die Vögel zu verscheuchen. Als das nichts half, holte er seine Axt aus der

Hütte und versuchte den Stamm, auf dem die meisten Vögel saßen, abzuschlagen.

Das war das endgültige Signal zum Angriff.

In großer Schar stürzten sich die schwarzen Vögel gleichzeitig auf den Alten und hackten auf ihn ein. Bald lief Blut über sein Gesicht. In seiner Angst rief er nach seinem Hund:

„Satan! Satan, hilf mir!",

Ängstlich schob der Hund die Schnauze aus der Hütte, doch da fielen die Raben auch schon über ihn her. So blieb dem alten Grobian und seinem Köter nichts weiter als die Flucht. Sie rannten, so schnell ihre Beine sie nur tragen konnten, immer tiefer in den Wald hinein.

Endlich konnte der Papagei zu seiner Prinzessin fliegen.

In gewohnter Weise setzte er sich auf ihre Schulter. War es sonst seine Gewohnheit, mit seinem Schnabel ihre Lippen zu berühren, fuhr er jetzt ganz zärtlich über ihre Augen und trank dabei ihre Tränen.

Es dauerte eine ganze Weile bis die aufgeregte Rabenschar wieder friedlich auf den Bäumen saß. Freudig erzählten sie einander, wie viele Schnabelhiebe sie dem Alten und seinem Hund zugefügt hatten. Als danach wieder etwas Ruhe einkehrte, hob der feuerrote Papagei die ihm vom Hund ausgerissene Schwanzfeder vom Waldboden auf und übergab sie dem Ältesten der Raben.

„Ihr habt mir und der Prinzessin sehr geholfen. Nehmt diese Feder zum Dank. Nun bitt ich euch noch, zeigt uns den Weg zurück zum Schloss."

Sogleich erhoben sich alle von den Ästen und flogen laut kreischend voran. Sie achteten bei ihrem Flug aber stets darauf, dass der Papagei, den sie noch immer für *ihren König* hielten, und auch die kleine Prinzessin ihnen folgen konnten.

Im Schloss herrschte über die Rückkehr der Prinzessin große Freude.

Zur Belohnung für seine gute Tat durfte der feuerrote Papagei fortan im ganzen Schlossgarten frei herumfliegen und sogar bei der Prinzessin im Zimmer übernachten.

Die Königin legte ihre schwarzen Kleider ab und auch ihren Schleier. Sie weinte zwar noch immer, aber jetzt waren es Freudentränen, die jeder sehen durfte.

Die kleine Prinzessin aber versprach ihren Eltern bei allem, was ihr heilig war:

„Nie, nie mehr werde ich weglaufen, wer oder was mich auch immer locken mag."

***

Wie Luzifer um eine Seele kämpfte.

Vor vielen, vielen Jahren kam ein kleiner Wanderzirkus in eine schlesische Stadt. In seinen von Pferden gezogenen Wagen lebten weder sprechende Papageien noch lustige Äffchen. Schon gar keine Löwen, obwohl solche Tiere gerade für diese Stadt, die den Namen *Löwenberg* trug, ein besonderes Ereignis gewesen wären.

In den Vorstellungen liefen die Pferde, mit bunten Bändern geschmückt, im Kreis der Manege. Mal nebeneinander, dann wieder hintereinander. Gab ihnen der Direktor den Befehl, mit ihren Hufen im Sand zu kratzen, taten sie es, manchmal auch nur widerwillig. Eine gelehrige Hundemeute, vorgeführt von der Frau des Direktors, sprang voller Eifer durch verschieden große Reifen, wälzte sich im Sand oder sprang zum Schluss sogar über den Rücken eines Esels. Zwei Ziegen schlugen mit ihren Hörnern gegeneinander und wurden dafür auch noch belohnt.

Die Kinder waren von den Kunststücken der Tiere stets sehr begeistert. Als dann aber der Herr Direktor, mit nacktem Oberkörper, wahrhafte Kunststücke vollbrachte, staunten sogar die Männer.

Zuerst lief er auf seinen Händen, mal vorwärts, mal rückwärts. Lag er auf dem Rücken, balancierte er auf seinen Füßen einen großen Ball und ließ ihn im Kreis tanzen. Baute er gar aus vier Stühlen eine Pyramide und vollführte auf der oberen Spitze eines Stuhlbeins einen einarmigen Handstand, wurde nicht nur den Frauen bange uns Herz.

Der Höhepunkt jeder Vorführung war aber der Auftritt der noch sehr jungen Tochter. Sie war zarter als eine Elfe und lieblicher als alle Löwenberger Schönheiten. Sobald sie hinter dem Vorhang hervor trat, begannen die jungen Männer zu applaudieren und riefen ihr kokette Worte zu.

Mit galanten Bewegungen kletterte das Mädchen auf ein in Manneshöhe gezogenes Seil und balancierte, einen bunten Sonnenschirm haltend, darauf hin und her.

Ihre Füße rutschten aber sehr oft ab, sie verlor das Gleichgewicht und stürzte in den Sand der Manege.

Damit die Leute glauben mochten, die Abstürze gehörten zum Programm, musste der Clown seine Späße dazu machen. Stets bemühte er sich, die Seiltänzerin vor einem Absturz zu bewahren und sie mit seinen starken Armen aufzufangen, es gelang ihm aber nur selten. Schlug das zarte Mädchen auf den Boden, schmerzte es den Clown mehr als sie - denn er war von ganzem Herzen in die Tochter des Direktors verliebt.

Gelang es ihm aber, sie aufzufangen, war er glücklich und hielt sie lange fest umschlungen. Spürte er dabei, wie auch sie sich fest an ihn drückte, glaubte er, auch ihre Liebe zu spüren.

Eines Abends wartete nach der Vorstellung ein in einen dunklen Umhang gehüllter Mann hinter dem Zirkuszelt auf die Seiltänzerin. Das Mädchen erschrak, als er sie ansprach.
„Du stürzt sehr oft vom Seil."
„Wer seid ihr?"
„Ein Magier bin ich, der es vermag, dich vor jedem Absturz zu bewahren."
„Und wie wullt ihr doas zuwege bringa?"
„Du glaubst mir nicht? Geh zurück in die Manege und probiere meine Kräfte aus!"
Das Mädchen zögerte.
„Es ies viel zu dunkel eim Zelte. Die hon schun olle Lichter ausgelöscht."
„Versuche es trotzdem. Du wirst nicht stürzen."
Die Verlockung, nie mehr vom Seil zu stürzen, war bei dem Mädchen sehr groß. Deshalb folgte es dem Mann ins dunkle Zelt. Schwankend zwischen Mut und Misstrauen kletterte es die Leiter hoch. Von oben herab konnte es sehen, wie der Magier seine Arme ausbreitete.
„Lauf jetzt! Du wirst nicht stürzen!"
Ängstlich wagte die Seiltänzerin den ersten Schritt – und einen zweiten. Dann einen dritten. Ihr war, als schwebe sie in der Luft, und so wagte sie sich weiter und wei-

ter und gelangte sturzfrei bis ans andere Ende.

„Bravo!", hörte sie aus der Dunkelheit rufen. „Nun wieder zurück!"

Mutig geworden drehte sie sich um und begann den Rückweg. Wieder gelang es ihr ohne Sturz das Seil zu überqueren. So lief sie gleich noch einmal und noch einmal, bis ihr der Fremde - genau in der Mitte des Seils – plötzlich befahl:

„Halt!"

Erschrocken blieb sie stehen.

„Bevor du weitergehst, wollen wir über meinen Lohn sprechen."

Die dunkle Gestalt trat direkt unter das Seil und fasste nach dem Fuß der Tänzerin.

„Du schuldest mir einen Kuss – oder du purzelst bei jedem weiteren Schritt vom Seil!"

Bei der heutigen Vorstellung war sie fünfmal abgestürzt, es gab in dem zarten Mädchenkörper kaum einen Knochen, der nicht schmerzte. Noch einmal stürzen wollte sie nicht, also hauchte sie ein kurzes „Ja!" und lief mit flinken Schritten zur rettenden Leiter.

Unten angekommen hüllte der Magier das Mädchen in seinen langen Mantel und küsste sie. Durch ihren zarten Körper lief ein eisiger Schauer, sie glaubte, erfrieren zu müssen. Es dauerte eine Ewigkeit bis der Unbekannte sie wieder los ließ.

„Morgen bin ich wieder hier. Versprichst du mir wieder einen Kuss, wirst du nicht stürzen!", rief er dem fliehenden Mädchen nach.

Am nächsten Abend bat das Mädchen ihren Vater, nicht auftreten zu müssen, sie fühle sich unwohl. Der Zirkusdirektor ließ diese Ausrede nicht gelten, wusste er doch, dass besonders die jungen Burschen allein wegen seiner schönen Tochter die Vorstellung besuchten.

So ging sie, als die Zeit gekommen war, voller Herzklopfen vom Wohnwagen hinüber zum Zirkuszelt, ließ ihren Blick weit umher schweifen, konnte den Fremden aber nicht sehen.

Als sie an der Reihe war und den ersten Fuß auf das Seil setzte, zitterte ihr ganzer Körper. Schnell stürzte der Clown herbei, wollte sie auffangen – doch die Tänzerin setzte Schritt vor Schritt und erreichte sturzfrei das gegenüberliegende Ende. Mutig geworden drehte sie sich um, lief auf dem Seil zurück und wieder hin und wieder her, alles ohne einen einzigen Sturz. Das Publikum tobte vor Begeisterung. Nur der Clown war tief enttäuscht, hatte er doch kein einziges Mal den zarten Mädchenkörper an seiner Brust verspürt.

Nach der Vorstellung versteckte sich der Clown hinter einem Wagen. Er wollte die Tochter des Direktors fragen: „Warum? Wieso?" – da sah er plötzlich einen großen Mann aus dem Schatten treten, der seinen

Mantel weit öffnete und die Seiltänzerin darin einhüllte. Es dauerte lange bis er sie wieder frei gab.

„Sie liebt eenen anderen", stöhnte der Clown laut auf und schlich betrübt zu seinem Wagen.

Auch in den folgenden Vorstellungen gelang es der Tänzerin, ohne Fehltritt über das Seil zu laufen. Sie wagte sogar kleine Tanzschritte oder blieb in der Mitte auf einem Bein stehen und streckte das andere weit nach hinten. Der Clown kullerte indes wie ein Besessener unter dem Seil hindurch, immer bereit die Stürzende aufzufangen. Er bekam aber keine Gelegenheit dazu, was ihn von Tag zu Tag trauriger werden ließ.

Der Direktor war zuerst stolz auf seine Tochter – das änderte sich aber schnell, als plötzlich immer weniger Zuschauer die Vorstellungen besuchten. Heimlich mischte er sich unter das Volk, um den Grund zu erforschen.

„Es ies viel lustiger, wenn se vum Seile purzelt!", sagten die einen, die anderen: „Wenn der Clown versucht, sie uffzufangn, sie oaber nich erwischen tutt, doas ies richtig zum Lachen!"

„Etz leeft se ja nur noch vun eener Seite zur anderen. Doas ies doch langweilig."

Als der Zirkusdirektor diese und ähnliche Aussagen gehört hatte, rief er seine Tochter zu sich.

„Wie kummts, doass de plötzlich immer furt ohne zu sterzen übersch Seil leefst?"[30]

Weil das Mädchen ihren Vater überaus liebte, beichtete sie ihm, was in den letzten Tagen geschehen war. Sie erzählte von den kalten Küssen für eine sturzfreie Vorstellung und auch von den anderen Versprechungen des Mannes, der sich ein Magier nannte.

„Woas hoat ar dir sunst noch versprocha?", wollte der Vater gleich wissen.

Das Mädchen wusste lange nicht, ob sie alles erzählen sollte. Vielleicht würde der Vater den Magier vertreiben, dann würde sie wieder vom Seil fallen und blaue Flecke am Körper davontragen.

Zuletzt aber siegte das große Vertrauen, welches Vater und Tochter verband, und das Mädchen begann zu berichten:

„Asu lange wir mer ei Löwenberg ufftreten tun, will ar für jeden sturzfreien Tag eenen Kuss vun mer. Ei der nächsten Stadt will ar ... asu hoat ar mir gesoat[31] ... do mecht ar meinen Leib, hoat ar gesoat - und bevor mer weiterziehn tun, do mecht ar ..."

Erschrocken zog der Vater seine Tochter in seine Arme.

---

[30] ohne zu stürzen über das Seil läufst
[31] gesagt

„Olle Heiliga der Welt ... etze weeß ichs ... ar will deine Seele! Doas ies keen Magier nich, gloob mersch. Der Kerle, doas ies der Luzifer persönlich!"

Erschrocken über diese Worte warf sich das Mädchen in die Arme ihres Vaters. Beide hielten sich lange fest umschlungen.

Während das Mädchen dabei bitter schluchzte, begann der Vater bereits Pläne zu schmieden.

„Doas dürf mer nich zulassen, woas der Lump eim Schilde führt. Mer braucha dem seine Hilfe nich. Und ich weeß ooch schun, wie mer doas macha. Zuerst wern mer a Sand ei der Manege duppelt dick undersch Seil[32] schaufeln. Und wenn de uffm Seile bist, muss der Clown immer unter dir har loofen, um dich schnell uffzufangn, wenn de runderfällst.

Und, woas doas Wichtigste ies: Subald de vum Seile runder steigst, nimm ich dich ei a Arm und bring dich persönlich vum Zelt ei a Wohnwagen, und du drehst vun inna den Schlissel zweemoal rum. Mach mersch asu?"

Scheu wischte sich das Mädchen die Tränen aus den Augen und nickte dem Vater zu.

„Obgemacht, seefe."[33]

---
[32] doppelt dick unter das Seil
[33] französische Truppen, die unter Napoleon in Schlesien stationiert waren, bekräftigten ihre Anordnungen mit dem französischem: C'est fait – daraus machten die Schlesier ihr: see-fe.

Am nächsten Morgen weihten sie den Clown in ihre Überlegungen ein und begannen das Auffangen zu üben. Der Clown war glücklich den zarten Körper des Mädchens, das er so liebte, nunmehr wieder öfter in seinen Armen halten zu dürfen.

Die sturzfreien Läufe der letzten Tage hatten der Seiltänzerin aber viel Sicherheit gegeben, sie trat kaum noch fehl. Weil die Menschen aber viel mehr Freude empfinden wenn anderen Missgeschicke passieren, wurden regelmäßige Abstürze eingeplant. So stand der Clown stets an der richtigen Stelle, fing die Tänzerin auf und beide wälzten sich im Sand. So hatte das Publikum wieder seine helle Freude und lachte.

Nach der Vorstellung legte der Vater seiner Tochter den Arm um die Schulter und begleitete sie sicher in ihren Wohnwagen.

Damit fand der Luzifer keine Gelegenheit mehr, dem Mädchen nahe zu sein. Zweimal wurde er noch unter den Zuschauern in den hinteren Rängen gesehen, dann nicht mehr.

Sein Versuch eine unschuldige Mädchenseele ins Dunkelreich zu locken, war gescheitert. Das Vertrauen und die Liebe zwischen Vater und Tochter waren stärker als alle Verführungskünste.

Am glücklichsten aber war der Clown.

Von nun an fing er jeden Sturz vom Seil mit seinen starken Armen geschickt auf.

Erst wenn der Körper des Mädchens durch den seinen abgesichert war, ließ er sich auf den Boden fallen und vollführte zum Spaß für das Publikum ein paar tollpatschige Überschläge.

Einmal, als der Beifall besonders laut über die Gestürzten hinwegrauschte, wagte der Clown, der Seiltänzerin seine Liebe ins Ohr zu flüstern - und sein Glück war unbeschreiblich groß, als er ihre Lippen auf den seinen spürte.

Schon wenige Tage später wurde mitten im Zirkuszelt Hochzeit gefeiert. In seiner großen Freude über den glücklichen Ausgang der Geschichte erzählte der Zirkusdirektor in seiner Ansprache alles, was in letzter Zeit geschehen war.

Und das war gut so. Nun wussten alle, welch große Gefahr drohte.

Seit damals hüten die Löwenberger Väter ihre Töchter besonders streng, denn keiner weiß, ob Luzifer noch in der Stadt ist.

***

Das Märchen vom kalten Stern.

In einem kleinen Dorf, nicht weit von der Hohen Eule entfernt, lebte ein junger Mann, der fühlte sich sehr einsam. Seine Eltern waren verstorben und zu anderen Menschen hatte er nur wenig Kontakt.

Zu gern hätte er die Bekanntschaft eines Mädchens gemacht, denn er befand sich in den Lebensjahren, in denen es junge Männer danach drängt, eine Familie zu gründen. Die wenigen Mädchen in seinem kleinen Dorf waren aber alle schon vergeben, allein die blinde Katrin aus dem Nachbarhaus wäre noch zu haben gewesen. In den Kindertagen hatten sie oft miteinander gespielt. Gern erinnerte er sich daran. Beim Blindekuhspiel musste man ihr nicht einmal die Augen verbinden, dennoch war sie die Schnellste, die den Topf traf.

Jetzt, nachdem seine Eltern gestorben waren, kam Katrin oft zu ihm ins Haus, fragte, ob sie ihm helfen könne, welche Arbeit er auch immer für sie habe. Sie brachte ihm Milch und manchmal auch ein paar Eier. Während er oft nur stumm auf der Schwelle saß, nahm sie einfach den Besen vom Haken und fegte die Wohnstube und den Flur. Wurde es Abend, saß sie auf der Wiese vorm Haus und sang sehnsuchtsvolle Lieder. Der junge Mann spürte, wie sie um ihn warb.

In seinem Kopf aber kreiste die Frage:

„Woas sull ich mit eener Blinden? Sie weeß ja nich amol, wie ich ausschauen tu. Sull ich mir andauernd in meinem Gesicht rimgratschen loassen? Nich amol ihre eigenen Kinder werd se sahn kinna.[34] Vielleicht wern die ooch blind geborn?"

Blind sein, das war für ihn das Allerschlimmste. Ein Leben mit einer blinden Frau konnte er sich nicht vorstellen.

Eines Abends ging der junge Mann hinaus zum Dorfweiher und setzte sich am Ufer auf einen Stein. Lange blickte er in das dunkle Wasser und hing seinen Gedanken nach. Und wie er so saß und über sein Leben nachdachte, glaubte er, das dunkle Wasser spiegle ihm seine Einsamkeit.

„Ich bin der einsamste Mensch uff der Welt", flüsterte er vor sich hin und begann zu weinen. Sein Mitleid über sich selbst drohte ihn zu verschlingen.

Als er endlich seine Augen trocknete und den Blick hob, gewahrte er ein wunderbares Glitzern auf dem Wasser. Der Nachthimmel spiegelte sich wider in seiner ganzen Pracht. Wie einen himmlischen Trost empfand er es. Den allerschönsten Stern wollte er sich aussuchen, doch der aufkommende Wind bewegte das Wasser und verwischte alle Konturen.

---

[34] wird sie sehen können

So hob der Jüngling endlich seinen Blick hinauf in das tausendfache Funkeln und Glänzen. Als habe er diese Schönheit noch nie so richtig gesehen, blieb sein Blick lange an den Sternen haften. Es waren so viele, und wenn es stimmte, was die Leute so erzählten, dann würde einer von ihnen seine verstorbene Mutter sein.

„Muttel, biste werklich durt uben?", flüsterten seine Lippen. „Wär ich nur bei dir, da wär ich nich su alleene."

Kaum hatte er diese Worte ausgesprochen, löste sich ein Stern vom Himmel, schwebte herab und berührte dicht vor seinen Füßen die Erde. Eine Frau trat aus dem Leuchten hervor, eingehüllt in ein strahlend weißes Kleid.

„Du sehnst dich nach den Sternen", sagte sie mit glockenreiner Stimme. „So komm! Folge mir ins Sternenreich."

Überrascht erhob sich der junge Mann, ging bangen Herzens auf die Sternenfrau zu, streckte ihr beide Hände entgegen.

Je näher er der lockenden Frau kam, umso stärker spürte er die eisige Kälte, die ihm entgegenströmte. Sein Herz stockte, sein Atem gefror.

Wie erstarrt blieb er stehen - wich langsam zurück. Schritt um Schritt.

Dann aber drehte er sich um und begann zu rennen. Er wollte zurück ins Dorf, wollte in die Wärme seiner Stube, in die

Wärme seines Bettes ... wollte weg ... da prallte er in seinem wirren Lauf mit der blinden Katrin zusammen, für die es nichts Ungewöhnliches war, im Dunklen spazieren zu gehen.

Ihr Zusammenprall war hart, beide stürzten ins Gras. Noch immer voll des Schrecks über die Kälte der Sternenfrau klammerte sich der junge Mann an den Körper des Nachbarmädchens ... und er spürte die wunderbare Wärme, die ihm entgegenströmte, die tief in ihn eindrang. Eine wohlige Wärme war es, eine Wärme, in der er sich geborgen fühlte. Und auch die blinde Katrin drängte sich an ihn, hielt sich an ihm fest. Eine Zauberwelt tat sich für sie auf. Zuerst eine irdische, danach eine Überirdische.

Sie lagen lange beieinander.
Keiner wollte den anderen mehr lassen. Und es dauerte nicht lange, da drang die Wärme ihrer Körper auch in ihre Herzen. Und in diesem Moment spürten beide, nicht die Augen sind das Wichtigste für die Menschen - die Liebe ist es.

Von dieser Stunde an wusste es auch der junge Mann.

Er führte die blinde Katrin in sein Haus und bat sie, seine Frau zu werden und für immer bei ihm zu bleiben. Ihr „Ja" machte ihn glücklich.

Seine Augen erfassten von nun an die Welt doppelt. Alles, was Katrin nicht sehen konnte, schilderte er ihr mit eifrigen Worten.

Nur den Sternenhimmel, den erklärte er ihr nicht.

***

Wie Rübezahl
einen Faulenzer bestrafte.

Mitten in einem der Täler des Riesengebirges stand vor vielen, vielen Jahren eine Sägemühle. Wer sich in den dichten Wäldern gut auskennt, kann noch heute die Reste ihrer Grundmauern finden. Das große Wasserrad gibt es nicht mehr, der Zahn der Zeit hat es zernagt. Nur der Bergbach lässt noch immer sein klares Wasser über die Steine hüpfen.

Der Müller, der damals in dieser Mühle lebte, machte sich sein Leben sehr bequem. Benötigte er einen Baum, um daraus Balken oder Bretter zu schneiden, suchte er im Wald immer nur nach jungen Stämmen, weil die sich leichter fällen ließen. An den dicken Bäumen ging er achtlos vorbei, mit ihnen wollte er sich nicht abplagen.

Eines Tages wollte er wieder einmal einen Baum fällen. Voller Mühe stieg er den steilen Abhang hinauf, was ihn arg ins Schwitzen brachte. Bedächtig suchte er nach einer Fichte, deren Stamm nicht allzu dick sein sollte, damit sie leicht zu fällen wäre.

Als er eine, die nach seinem Geschmack war, gefunden hatte und mit seiner Axt zum ersten Schlag ansetzen wollte, stand plötzlich ein Gnom vor ihm.

„Warum, Müller, schlägst du immer nur die schmalen Bäume? Sie wollen noch wachsen und groß werden."

Voller Ärger hielt der Müller mitten im Schlag seine Axt an und blickte verächtlich auf den Zwerg.

„Scher dich aussem Weg! Hier ei meinem Wald, do mach ich, woas ich will!"

„Die großen und starken Bäume haben viel mehr Bretter in ihrem Leib. Lässt du sie stehen, müssen sie eines Tages verfaulen."

„Und woas schert doas dich?", antwortete der Sägemüller und versuchte, mit seinen Lederstiefeln nach dem Wicht zu treten. Der sprang aber geschickt zur Seite und klammerte sich an einen der jungen Bäume.

„Hör auf mich, Müller! Lass' ab von den dünnen Bäumen, sie werden sich sonst an dir rächen!"

„Wenn de nich gleich verschwinden tust, schmeiß ich derr die Axt eis Kreiz!"[35], schrie der Müller voller Zorn und holte weit aus. Sein Schwung war aber so groß, dass ihm der feuchte Holzstiel aus den Händen glitt. Die Axt rutschte auf dem nassen Waldboden bergab, erst unten im Bach blieb sie liegen. Am liebsten hätte der Sägemüller den Wichtel ergriffen und erwürgt, doch dieser war so plötzlich, wie er erschienen war, auch wieder verschwunden.

---

[35] werf' ich dir die Axt ins Kreuz

Während der Müller voller Ärger den Berg hinab stieg, um nach seiner Axt zu suchen, kam ihm der Gedanke, es lohne sich an diesem Tag nicht mehr, noch einmal den steilen Hang hinaufzusteigen.

„Der Kerle hoat mer den ganza Tag versaut. Aber munne[36] ies ooch noch eener", brummelte er vor sich hin und lief verärgert zu seiner Mühle. Noch immer voller Ingrimm über den Zwerg überlegte er, wie er ihn loswerden könnte. Da kam ihm ein, wie er meinte, guter Gedanke in den Kopf.

„Ween ich munne wieder nuff steigen tuu, nimm ich een Netz mit und fang ihn ei. Dem kleenen Verbuttlich[37] werd ichs schun zeiga, wer der Herr eim Walde ies."

Als der Sägemüller am nächsten Tag wieder bergan stieg, wurde er schon von dem Zwerg erwartet.

„He, Sägemüller! Willst du noch immer nicht vernünftig werden? Lass die jungen Bäume auswachsen."

„Scher' dich aus meim Weg! Doderhier mach ich, woas ich will!", schrie der Müller voller Zorn, holte hinter seinem Rücken das Netz hervor und warf es über den Gnom. Für den war es jedoch ein Leichtes, durch die Maschen zu schlüpfen.

Im Weglaufen rief er dem faulen Sägemüller zu:

---

[36] morgen
[37] Kümmerling

„Höre auf mich, Müller! Eines Tages wirst du dein Tun bereuen!"

Auch am nächsten und am übernächsten Tag erschien der Zwerg und wiederholte seine mahnenden Worte:

„Höre auf mich, Müller! Eines Tages wirst du dein Tun bereuen!"

Der Müller lachte nur und schrie ihm zu:

„Wenn ich dich erwischen tuu, kriegste eene Überbucke, doas dis weest."[38]

Eines Tages kam ein großer, kräftiger Bursche in die Mühle und fragte, ob es eine Arbeit für ihn gäbe.

„Ich hoab gesahn, ei eurem Walde stiehn besunders viele dicke Bäume", sagte er zum Müller. „Ma kennte meenen,[39] ihr hoabt keene Kraft nich, sie umzuhaun."

„Was schert's dich, woas ich mach?", begehrte der Sägemüller auf, besann sich dann aber eines Bessern.

„Nu ja, nu nee, wenn de schun asu schlau daher reden tust, mir sull's recht sein. Wennste die dicka Beem[40] umhaust, bekummste drei Kreuzer für jeden Stamm. Aber, merks dir, blußig fier die, die asu dick sein, doass ich se nich mehr mit meine Arm … drumrum … du weeßt schun, woas ich meene. Kriegst ooch freie Kost, wenn de

---
[38] Schläge aufs Gesäß, dass du es weißt
[39] man könnte meinen
[40] die dicken Bäume

nich zuviel frisst. Schloafen kannste ei der Säge."

Die Männer wurden sich einig.
Während der Bursche alle Äxte zusammensuchte und an den Schleifstein hielt, rieb sich der Müller zufrieden die Hände.
„Der Kerle sull sich seine Patschen bluttig schlagn.[41] Derweil werd ich ei der Sägemühle eenen vun die schmalen Stämme durch die Säge lossen."

Am nächsten Morgen hallten schon in aller Früh kräftige Schläge durch den Bergwald, und es dauerte auch gar nicht lange, bis der erste dicke Baum mit einem gewaltigen Krach zu Boden fiel.
Als der Müller das hörte, blieb er zufrieden am Frühstückstisch sitzen und schnitt sich noch eine Scheibe Speck mundgerecht ab. Erst nachdem der dritte Baum deutlich hörbar gefallen war, beendete der Müller sein Frühstück und ging frohgelaunt hinüber in seine Mühle. Einen der kleinen Stämme wollte er heute zu einem Balken schneiden, mehr nicht.
Als er aber den Bach über das Mühlrad leiten wollte, um die Säge zum Laufen zu bringen, sah er, dass der Bach ausgetrocknet war.

---

[41] Hände blutig schlagen

„Der Summer ies heeß",[42] brummelte er mit einem Blick in den Himmel „Macht nischts, mir tuts ooch amol gutt, eenen ganzen Tag lang goar nischte zu machen."

Auch am nächsten Tag blieb der Bach trocken und so auch am nächsten Tag. Und am übernächsten auch. Während der Sägemüller es sich wohl ergehen ließ, schlug der fleißige Bursche einen dicken Baum nach dem anderen. Weil alle jungen Bäume vom Müller bereits ausgeschlagen waren, lag nach sieben Tagen der ganze Berghang völlig kahl. Den Sägemüller störte das nicht. Gefällte Baumstämme waren ihm wichtiger als solche, die aufrecht im Wald standen.

Am nächsten Morgen schob der Müller dem Holzknecht eine besonders dicke Scheibe Speck zu, um ihn bei guter Laune zu halten.

Der Bursche ließ sich das Frühstück schmecken und bedankte sich höflich beim Müller für die angebotene Arbeit und das gute Essen.

„Nu schaffste mir die dicka Hölzer noch zu Tale, danach konnste wieder deiner Wege ziehn."

„Dafür müsst ihr mir aber noch drei Kreuzer drufflegen" gab der Bursche keck zurück.

„Nu ja, nu nee", druckste der Sägemüller herum. „Es ies haalt asu, die verspro-

---
[42] der Sommer ist heiß

chena Kreuzer kann ich dir ieberhaupt nich geben nich. Weil, doas verstiehste doch, solange keen Wasser ei der Bache fließen tutt, leeft⁴³ ooch die Säge nich. Und wenn die Säge nicht loofen tutt, koann ich keene Bratel⁴⁴ nich schneiden nich. Und sulange ich keene Bratel nich schneiden kann, verdien ich ooch keen Geld nich. Aber ich bin ja keen Unmensch nich. Leer ausgiehn sullst ja ooch nich. Als Lohn für deine Arbeit darfste dir vun dem geschlagenen Hulz asu viele Stämme mitnehmen, wie de vermagst!"

Der Bursche tat, als habe er den versteckten Spott nicht vernommen. Er drückte seinen verschwitzen Hut auf den Kopf und verließ die Mühle. Noch einmal kletterte er den Berg hoch und mühte sich, die schweren Baumstämme ins Tal zu stoßen. Bis zum Abend hatte er seine Arbeit zur Hälfte geschafft.

In der Nacht begann es kräftig zu regnen. Das Wasser stürzte den kahl geschlagenen Abhang herunter und riss auch die letzten der gefällten Stämme mit in die Tiefe. Es dauerte gar nicht lange, da lagen alle nebeneinander im ausgetrockneten Bachbett.

---
[43] läuft
[44] Bretter

Der Müller wurde vom lauten Donnern des herabstürzenden Holzes geweckt. Als er von seinem Schlafzimmerfenster aus sah, dass alle Stämme im Tal lagen, rieb er sich vor Freude die Hände. Unverzüglich stapfte er durch den Regen hinüber in die Sägemühle und stieß den noch schlafenden Burschen mit dem Fuß an.

„He, wach uff! Du hoast hier keene Bleibe mehr. Deine Arbeit ies beendet."

„Und mein Lohn?", fragte der Bursche zurück.

„Ich hab dir's ja schun verklausoliert,[45] doas mer handelseinig sein. Nimm dir vun den Baumstämmen asu viele mit, wie de willst. Mir sull's recht sein. Oaber verschwinde!"

Der Bursche erhob sich von seinem Lager, klopfte die letzten Sägespäne aus seinen Kleidern und ging grußlos davon.

Der Sägemüller sah ihm verwundert hinterher.

Der Bursche lief durchs ausgetrocknete Bett des Baches bergauf und stieg auf den alten Damm. Dahinter war in früheren Zeiten das Wasser zu einem See aufgestaut, doch die Bretter und Bohlen am Ausfluss waren schon lange verfault und vom Müller nicht erneuert worden.

Die Menge des Wassers, das gewöhnlich im Bach entlang lief, war stark genug,

---

[45] erklärt

ein einzelnes Sägeblatt langsam durch die dünnen Stämme zu bewegen. Das hatte dem faulen Sägemüller stets genügt.

„Woas der Bursche blußig uff dem aalen Damme[46] will? Ich gloob, der ies meschugge."

Plötzlich ertönte aber ein lauter Schrei:

„Mach dich aus dem Weg, Müller. Jetzt hole ich mir meinen Lohn!"

Mit seiner großen Kraft zog der Bursche die heimlich von ihm erneuerten Bretter aus der Halterung. Gewaltige Wassermassen stürzten aus dem aufgestauten Teich in den Bach. Tosend und brausend hoben sie alle Baumstämme, die dort lagen, hoch und schwemmten sie weg.

Dem Sägemüller stockte das Herz.

Starr vor Schreck blickte er seinen, davonschwimmenden Hölzern hinterher. Und oben auf dem allerdicksten Stamm stand Rübezahl und pfiff ein lustiges Lied.

***

---

[46] auf dem alten Damm

Der Traumvogel.

Vor vielen, vielen Jahren stand einmal hoch oben auf dem Zobten ein Schloss. Spiegelte sich die Sonne in den Fensterscheiben der vielen Türme und Türmchen, strahlte es wie ein funkelnder Stern weit ins schlesische Land hinaus.

In den riesigen Wäldern rund um den mächtigen Berg wuchsen kraftvolle Bäume. Hirsche, Rehe, Wildschweine, wie auch Fasane und Wachteln versprachen jederzeit eine gute Jagd. In der dunklen Erde der Felder gediehen gute Früchte. Die Untertanen, die zum Schloss gehörten, waren fleißig und mehrten Jahr für Jahr den Reichtum des Schlossherren.

Es gab weit und breit keinen anderen König, dem das Glück so zugetan war. Nach dem frühen Tod seines Vaters hatte er eine wunderschöne Prinzessin gefreit, und schon im ersten Jahr ihrer Ehe gebar sie ihm einen Sohn. Der war nun vier Jahre alt und wuchs gesund und wohlbehütet heran.

Glücklicher und zufriedener als dieser junge König hätte keiner sein können. Tief in seinem Herzen wohnte jedoch quälender Zweifel. Jeden Abend, bevor er zu Bett ging, bestürmten ihn böse Gedanken:

,Was wird geschehen, erleide ich einen Jagdunfall? Befällt mich eine schlimme Krankheit, wer wird mich heilen? Überfallen *eines Tages fremde Soldaten mein Land, wer wird mir zur Seite stehen? Vernichtet ein Unwetter die Ernte auf den Feldern, wie soll ich mein Volk ernähren?'*

Von überallher sah der König Gefahren für sein Königreich aufziehen. Nichts wünschte er sich mehr, als die Gabe, in die Zukunft blicken zu können. Und während er so grübelte und seine erdachten Probleme hin und her wälzte, erinnerte er sich plötzlich an einen Spruch, den sein Vater vor schweren Entscheidungen stets vor sich hin gemurmelt hatte:

In den Sternen steht es geschrieben -

So stieg der junge König jeden Abend auf den höchsten Turm seines Schlosses. Wie oft hatte er schon zum Himmel aufgeschaut – aber erst jetzt, da er lesen wollte, was in den Sternen geschrieben stehen soll, wuchs sein Erstaunen über die funkelnde Pracht des nächtlichen Firmaments. Er sah die großen, hellstrahlenden Sterne, und auch die unendlich vielen, die nur schwach schimmerten. Standen die einen aufgezogen wie auf einer Perlenschnur, bildeten andere wirre Haufen. Ab und an zog ein langer, leuchtender Strich quer über den Himmel.

Je länger er aber hinaufschaute, umso mehr verwirrte es ihn. Bald wusste er nicht mehr, ob er nach Osten schauen solle oder nach Süden? Nach Nord oder nach West? Wohin er seinen Kopf auch drehte, Zeichen über die Zukunft seines Königreiches fand er nicht.

Eines Tages kam ein schon sehr betagter Sänger ins Schloss.

Auch wenn seine Stimme nicht mehr hell und klar ertönte, sang er den Knechten und Mägden fröhliche Lieder und ließ sie nach seiner Laute tanzen. Der König ließ ihn gewähren. Alles Irdische war ihm inzwischen gleichgültig geworden. Voller Ungeduld wartete er auf die beginnende Nacht und konnte kaum die Stunde erwarten, bis die Sterne mit ihrem Funkeln und Blinken das Firmament in ein leuchtendes Diadem verwandelten. Kaum war es soweit, eilte er auf den Turm und bohrte seinen Blick in den Himmel - doch Zeichen über die Zukunft seines Königreiches waren für ihn nicht zu sehen.

Plötzlich hörte der König vom Schlosshof herauf ein ihm wohlbekanntes Kinderlied:

Weißt du wie viel Sternlein stehen an dem blauen Himmelszelt? Weißt du wie viel Wolken gehen weit hinüber alle Welt? Gott, der Herr, hat sie gezählet, dass ihm auch nicht eines fehlet, an der ganzen großen Zahl, an der ganzen großen Zahl.

Weißt du, wie viel Mücklein spielen ...

Der König horchte auf. Es fiel ihm schwer, seinen Blick von den Sternen abzuwenden, doch die vertrauten Worte, die aus dem Hof zu ihm auf den Turm drangen, ließen ihn nicht los.

Weißt du wie viel Kindlein frühe stehn aus ihren Betten auf? Dass sie ohne Sorg und Mühe fröhlich sind im Tageslauf? Gott im Himmel hat an allen seine Lust, sein Wohlgefallen, kennt auch dich und hat dich lieb, kennt auch dich und hat dich lieb.

Andächtig hörte der König zu.

Als die letzte Strophe verklungen war, stieg er vom Turm herab und suchte nach dem Sänger. Dieser war gerade dabei, sein Säcklein zu schnüren, um sich im Schlosshof einen Schlafplatz zu suchen.

Weil alle Knechte und Mägde schon zur Ruhe gegangen waren und die Wächter die Feuer bereits gelöscht hatten, legte der König, da sie allein waren, dem Sänger vertrauensvoll die Hand auf die Schulter.

„Hör mich an, fahrender Gesell. Du bist alt und weise, das zeigt mir dein weißes Haar und der Glanz in deinen Augen. Auch wenn deine Stimme schon brüchig ist, mit deinem Lied hast du mein Herz angerührt. Ich bitte dich, geh mit mir auf den Turm und lese mir meine Zukunft aus den Sternen. Ich bin mir sicher, du vermagst es."

Der Sänger sank vor Ehrfurcht auf die Knie.

„Mein König, verzeiht. Oaber ihr misst wissen, ich bin heute schun vum Huchwalde bis doher geloofen, meine aalen Füße sein über viele Steene[47] gestolpert. Nu sein

---

[47] Steine

se mide, gloobt mirs.[48] Meine Stimme, die sehnt sich nach eenem kühlen Schluck Wasser. Loasst ins munne[49] drieber reden."

Zuerst wollte der König zornig werden. Er war es nicht gewohnt, Widerspruch zu hören. Doch das Lied, welches der Alte soeben gesungen hatte, klang noch immer in seinem Herzen nach und ließ ihn gutmütig sein.

„Nun denn. Meine Diener sollen dir Speis und Trank bringen und ein weiches Bett bereiten. Morgen aber …"

„Nu ja, mein König, verzeiht ock. Ich meene, die Knechte und Mägde, die sullten jetze ihre Ruh han und schloofen giehn. A ganza langa Tag lang han se sich geplagt. Doas Plätschern vun der Quelle, doas zeigt mer schun den richtiga Weg, wu ich mich koann erquicken. Und iebrigens, verehrter Herr König, eene weiche Wiese under mir und der Sternenhimmel uba drieber,[50] doas langt mir, eenen erholsamen Schlaf zu finden. Munne will ich gerne …"

Des ewigen Widerspruchs leid, wandte sich der König ab und stieg wieder hinauf auf den Turm.

Gleich am anderen Morgen befahl der König, den Alten gut zu versorgen.

---

[48] glaubt es mir
[49] morgen
[50] oben drüber

So wurden ihm Milch und Honig serviert, dazu Brot und eine dicke Scheibe vom saftigen Wildschweinbraten. Zum Dank für das reiche Mahl wollte er dem König ein Lied widmen, doch der verbot jegliches Singen für diesen Tag.

„Ausruhen soll er!", hieß der königliche Befehl. „In der kommenden Nacht hat er mit mir auf dem Turm zu sein. Hellwach! Oder hat er vergessen, was er versprach?"

Ehrfürchtig verneigte sich der alte Mann vor dem Diener, der ihm diese Order überbrachte. Dann suchte er sich ein schattiges Plätzchen an der kühlen Schlossmauer und verschlief den ganzen Tag. Im Stillen hoffte er, der König werde ihn vergessen, doch im ersten Dämmerlicht kam der Diener und erinnerte ihn an seine Pflicht.

Langsam und bedächtig stieg der Sänger die unendlich vielen Stufen hinauf auf den Turm, wo er voller Ungeduld schon erwartet wurde.

„Du atmest tief, alter Mann", sagte der König zu ihm, „doch dein Alter gereicht dir zur Ehre. In alten Männern wohnt die Weisheit. Der Wahlspruch meines Vaters, der auch ein sehr weiser Mann gewesen ist, lautete:

In den Sternen steht es geschrieben.

Leider verstarb mein Vater, bevor er mich lehrte, aus den Sternen zu lesen. Darum sollst du mein Lehrer sein und mir vorlesen, was dort oben über die Zukunft meines Königreichs geschrieben steht."

Der Alte bat, eine Weile ausruhen zu dürfen, was ihm auch gewährt wurde. Als er wieder bei Atem war, erhob er sich, blickte gen Himmel und füllte seine Augen mit der ganzen Schönheit der nächtlichen Pracht. Bedächtig hob er seinen Arm und wies mal nach Norden, mal nach Osten, mal in eine andere Richtung. Hastig folgte des Königs Blick jeder Bewegung. Gern hätte er gefragt, er wagte aber nicht, durch Fragen zu stören.

So ging es eine ganze Weile – bis der Alte seinen Kopf sinken ließ und mit seinem Finger auf das Dach das Schloss wies.

„Zu den Sternen sollst du blicken, oder fällt es dir zu schwer, deinen Kopf zu heben und nach oben zu schauen?"

Ohne auf die Worte des Königs zu hören, begann der alte Mann zu erzählen:

„Oaber Herr König, guckt doch amol do nunder. Sattern, den wunderscheenen Vugel[51], der ieber eirem Schlosse kreisen tutt? Es ies der gleiche, den hoab ich schun ofte gesahn."[52]

Der König wusste mit diesem Satz nichts anzufangen.

„Du redest wirr."

---

[51] seht ihr ihn, den wunderschönen Vogel
[52] schon oft gesehen

Der Alte ließ sich aber nicht unterbrechen, mühte sich aber dabei, vor dem König nicht allzu sehr zu pauern.[53]

„Nu ja, nu nee, Herr König.

Hurcht mir halt amol zu, was ich Euch mit meiner Geschichte sagen möcht.

Es war eenmal in eener kleenen Stadt.

Jeden Abend kam een Vogel und kreiste über den Dächern. Mit weit ausgebreiteten Flügeln schwebte er über sie hin, manchmal tiefer, oder een bissel höher. Woher er gekummen ies, und wohin er wieder verschwand, doas wusste keener. Er war einfach da. Nacht für Nacht. Er war anders, als die Vögel, die vom frühen Morgen bis zum Sonnenuntergang ihre Lieder singen. Seine Fadern ... seine Federn waren weitaus scheener, bunter, und vor allem farbenprächtiger. Sein Flug woar ganz leise und zart. In manchen Nächten blieb er länger ieber der Stadt, in manchen nur kurz. Manchmal schwebte von ihm eene Feder herab, manchmal auch mehrere, doch keene einzige fiel bis zum Boden. Sie lösten sich uff, mal über dem eenen Haus, dann wieder über eenem anderen - bis von dem Vogel nicht mehr zu sehen woar. Die Menschen ham rumgerätselt, woas für een seltsames Geschöpf es sein keennte, doas ieber ihren

---

[53] wie die Bauern reden

Häusern in jeder Nacht herumkreist. Die eenen soaten[54]:

‚Doas ies unser Schutzengel, der uns vor den Gefahren der Nacht beschützen tut.'

Andere sprachen dagegen.

‚Wär doas inser Schutzengel, müsste er dann nicht jede Nacht gleich gruuß sein? Der oaber ist eenmal kleener, een andermal größer. Unser Schutzengel kann's deshalb nicht sein.'

Ein besonders frommer Mann wagte zu flüstern:

‚Es wern insere Sünden sein, die wir tagsüber begangen ham. Die sein moal kleener, und manchmal größer.'

Das wiederum wollten viele nicht hören. Ein Sündenengel jagte ihnen Angst ei. So gab's bald zwei Gruppen, zwee ungleiche. Die kleenere gloobte, es wär der Sündenvogel; die größere aber hoffte, doass es der Schutzengel sein möchte.

Sie gerieten darüber sogar in heftigen Streit.

Und in der eenen Nacht wurde ihr Geplärre so laut, dass eens der Kinder aus seinem Schlaf aufgewacht ist. Schlaftrunken wie's war, kam es aus dem Hause raus uff die Straße. Erstaunt sah das Kind, wie alle, die herumstanden, nach oben, in den Nachthimmel guckten. So tat das Kind ih-

---

[54] sagten

nen gleich – und es sah den wundersamen Vogel, der über den Häusern schwebte.

Und gar schnell breitete das Kind seine Arme aus und rief voller Freude:

‚Mein Troom!⁵⁵ Guckt amol, dort schwebt er … doas ies mei Troom.'

Da blickten sich die Menschen erstaunt an, drückten die Finger auf ihre Mäuler und schwiegen beschämt. Nun endlich wussten sie's: die bunten, schillernden Federn des Vogels waren nichts anderes als die friedlichen Träume ihrer Kinder."

Nach einer Weile des Schweigens wandte sich der alte Sänger dem König direkt zu.

„Von dieser Nacht an war wieder Frieden in der Stadt. Fortan saßen die Frauen und auch die Männer friedlich an den Betten ihrer Kinder und hüteten ihren Schlaf … und ihre bunten Träume."

Als der König diese Geschichte gehört hatte, stieg er vom hohen Turm herab.

Leisen Schritts begab er sich zu seinen Gemächern. Vorsichtig betrat er das Zimmer, in dem der kleine Prinz schlief. Lange betrachtete er das schlafende Kind. Seine lockigen Haare umrahmten das schöne Gesicht, auf welches ein zartes Lächeln ein friedvolles Bild malte.

---

[55] Traum

„Er träumt", flüsterte der König – und endlich begriff er, dass sein Zukunftsglück nicht in den Sternen stand, sondern vor ihm im Kinderbett lag.

***

Das Märchen vom kleinen Wolf.

Östlich der Oder, tief in den Wäldern des Katzengebirges, lebte einmal ein Bauer, dem hatte ein gewaltiger Blitz sein kleines, strohbedecktes Haus eingeäschert. Die gesamte Ernte, die er in fleißiger und harter Arbeit gerade erst auf den Dachboden geschleppt hatte, war, wie alles, was die kleine Familie besaß, ein Raub der Flammen geworden. Die einzige Kuh, drei Ziegen und einige Hühner hatte der Donner heftig erschreckt, sie waren tief in den Wald geflüchtet und nicht mehr zurückgekehrt. Alles Hab und Gut war verloren. Nur das nackte Leben war geblieben.

Drei Tage dauerte es, bis dem Bauern die ersten Worte wieder über die Lippen kamen.

„Gruuß[56] ies inser Elend, doas mer erlitten ham", sagte er zu seiner Frau. „Baale[57] wern die Eintreiber vum Keenig[58] kumma und den jährlichen Erntetribut eifordern."

„Se wern sahn, doass ins nischte nischt geblieba ies. Mir ham nischts mehr, woas mer ihna geben kennten", antwortete sie, doch der Bauer winkte müde mit der Hand.

„Doas ies den Blutsaugern egal. *Du bist in der Schuld des Königs, so ist das Gesetz'*, wern sie daherlabern. *‚Hast du kein*

---

[56] Groß
[57] bald
[58] König

Korn oder Vieh, dann nehmen wir deinen Sohn. Wenn er groß ist, kann er dem König als Soldat dienen. Dann wird er für ihn Schätze aus fremden Ländern holen, die wertvoller sind, als deine paar Körner'."

Als die Frau diese Worte vernahm, begann sie zu weinen.

„Mei eenziges Kind, mei kleener Hasel, sull ich ihn zum Töten geboren ham?"

Liebevoll drückte sie ihren Sohn ans Herz und hielt ihn fest. Der Bauer aber zog den Knaben von ihr weg.

„Mir wern uns von Hasel trennen missen, bevor die Schergen des Keenigs ihn, anstelle einer Ziege, mitnehmen tun. Es gibt keenen anderen Weg nich."

Während die Mutter ihr Gesicht verhüllte, legte der Bauer seinem Sohn die Hand auf die Schulter.

„Dein Vatel und deine Muttel wulln nich, doass de een Soldat werden musst und andren Menschen een Leid zufügst. Zieh als freier Mensch durch die Welt. Sei hilfreich zu allen, die deiner Hilfe bedürfen und nimm keenem was weg, was dir nicht gehören tutt. Willste deinen Eltern die Freude machen?"

Stumm nickte der Junge mit dem Kopf.

Der Vater entnahm seinem alten Lederbeutel die einzige Kupfermünze, die darin verborgen lag und drückte sie dem Sohn in die kleinen Finger. Dann legte er seine große, von der Arbeit zerfurchte Hand dem Kind aufs Haupt und segnete ihn.

„Nun gieh und werd een gutter Mensch."

Der Junge, der seinen Eltern immer gehorsam war, ging, ohne sich noch einmal umzudrehen, quer über die Wiese, hüpfte über den kleinen Bach und verschwand zwischen den dunklen Bäumen des Waldes.

Nun dauerte es gar nicht mehr lange, da kamen, wie es der Bauer vorhergesagt hatte, die Gesandten des Königs, um den jährlichen Tribut einzufordern. Als sie die verbrannte Kate sahen und erkannten, hier könne weder Korn noch irgendein Tier abgeholt werden, banden sie den Bauern und seine Frau an ihre Pferde und zogen sie hinter sich her zum Königschloss.

Aus dem sicheren Schutz der Bäume sah Hasel, was seinen Eltern geschah. Um nicht entdeckt zu werden, scharrte er sich eine Kuhle, verkroch sich in ihr und weinte bittere Tränen. Gerade jetzt fehlten sie ihm, Mutters warme Hände, die sie vor dem Einschlafen immer auf seine Augen gelegt hatte. Ihre leisen Lieder, die ihm stets das Gefühl der Geborgenheit gaben. Sein lautes Schluchzen ließ manches Nachttier erschreckt aufhorchen.

Doch am anderen Morgen, als die Sonne wieder hell und warm vom Himmel herableuchtete, tröstete sich Hasel mit der Hoffnung, seine Eltern eines Tages wiederzusehen. Furcht empfand er nun keine mehr. Er war im Wald aufgewachsen, hatte den Vater oft begleitet bei der Suche nach Essbarem. Schon früh hatte er gelernt, welche Früchte des Waldes genießbar sind und welche nicht.

Mutig lief er durch den Wald, zupfte dort ein paar Beeren ab oder drehte mit spitzen Fingern einen Pilz aus der Erde.

Gegen Abend hörte Hasel ein angstvolles Wimmern. Schnell lief er in die Richtung, aus der die klagenden Laute zu hören waren. Da sah er einen jungen Fuchs, der beim Herumschnüffeln mit seinem Kopf in eine Schlinge geraten war.

„Haalt ock stille, sunst erwürgste dich", raunte er dem Tier zu und kroch, auf dem Bauch liegend, nahe heran. „Ich tu dir keen Leid nich an, du musst mir glooben."[59]

Schnell gelang es Hasel, die Schlinge vom Kopf des Fuchses zu lösen. Zärtlich fuhr der Junge mit seiner Kinderhand über das struppige Fell. Als er das pochende Tierherz spürte, erwachte sein Mitleid.

„Es ies schun spät, gleich werds finster wern", sagte Hasel zu dem jungen Fuchs. „Wenn de willst, werd' ich dich ei der Nacht beschützen."

Zärtlich drückte er ihm einen Kuss auf die feuchte Nase, steckte ihn unter sein

---

[59] glauben

Wams und rollte sich wie eine Fuchsmutter zusammen. So schliefen beide ein.

Am nächsten Morgen, die Sonne stand schon hoch über den Bäumen, erwachten sie zur gleichen Zeit. Hasel erhob sich und sagte zu seinem Schützling:
„So, nun loof zurück zu deiner Muttel. Sie werd schon in gruußer Sorge um dich sein."
Der kleine Fuchs schüttelte seinen Kopf und schmiegte sich eng an Hasels Beine. Es war, als wolle er sagen: ‚Bitte, schick mich nicht weg'.
„He ... woas ies mit dir? Weeßte nimmer wo dein Bau ies? Du hoast doch eene gutte Nase. Vertrauste ihr nimmer?"
Das Füchslein wimmerte, stellte sich auf die Hinterbeine und kratzte mit seinen Pfoten an Hasels Brust.
„Du sullst zu deiner Mutter loofen, oder ... oder hast du keene Mutter mehr? Ies se gar ... hoat se eener tuut[60] geschossen?"
Kaum hatte der Junge dieses Wort ausgesprochen, streckte das Füchslein seine Schnauze hoch in die Luft und heulte so grässlich, dass auch Hasel seine Tränen nicht mehr zurückhalten konnte. Zärtlich nahm er den kleinen Fuchs in seine Arme und beide weinten um ihre Mütter und wollten gar nicht mehr aufhören zu weinen.

---

[60] tot

Als ihr gemeinsames Schluchzen nach langer, langer Zeit endlich zu einem Ende kam, sagte Hasel zu seinem Freund:

„Ich gloob, ins tutt een bieses Schicksal verbinden. Weeßte, kleener Fuchs, ich hab ooch meine Muttel verlorn. Die Geldeintreiber vum Keenig han se mitgenumm. Ich hoff ja, doass ich se eenes Tags wiedersehen tu. Aber du, du weeßt überhaupt nich, wo deine Muttel ies; ob ihr euch jemals wiedersehn werden tutt. Wenn de willst, bleibn mir zusammen. Dann kenna mir ins immer erzähln, wie lieb insere Mütter zu ins gewast sein."[61]

Der kleine Fuchs leckte mit seiner rauen Zunge das Gesicht des Knaben und wedelte zustimmend mit dem Schwanz.

„Dann kumm. Mir giehn jetze nunder zur Baache[62], ich hab nämlich eenen gruußen Durscht."

Das Füchslein lief voraus, seine feine Nase hatte das Bächlein schnell gefunden. Genussvoll stillten beide ihren Durst. Danach sagte Hasel:

„Wenn de mein Freund sein willst, muss ich dir eenen Namen geben. Die Menschen nennen alle Füchse *Reineke*. Du sullst aber nich su heeßen, wie olle anderen. Du sullst eenen eigenen Namen besitzen."

Einen kleinen Moment überlegte er, dann fuhr er fort:

---

[61] gewesen sind
[62] zum Bach

„Ich heeße *Hasel*. Mein Vater hoat mir diesen Namen gegeben, weil ich unter eenem Haselnussstrauch geboren worden bin. Dich hab ich unter eenem Maulbeerstrauch gefunden, deshalb sullste *Maul* heeßen. Gefällt dir das?"

Der kleine Fuchs schien alle Worte gut zu verstehen. Erst wackelte er mit seinem Kopf hin und her, dann hüpfte er mit allen vier Pfoten gleichzeitig in die Luft und sprang lustig im Kreis. Das freute den Jungen, und er schöpfte mit beiden Händen Wasser aus dem Bach und bespritzte seinen Gefährten, als wolle er ihn taufen.

So wurden *Hasel* und *Maul* enge Freunde.

Von nun an zogen sie gemeinsam durch den Wald, und jeder war der Beschützer des anderen.

Bei ihren Streifzügen kamen sie eines Tages an einer armseligen Hütte vorbei. Rauch stieg in den blauen Himmel, doch Menschen waren nicht zu sehen. Ein Schwein grunzte zufrieden und wühlte dabei im Waldboden herum. Die beiden Gänse aber schrien so laut, als hätten sie großen Streit miteinander. Das Füchslein hob seine Nase in den Wind und seine Zunge begann zu tanzen.

„Wenn zwei sich streiten, freut sich der dritte. Was hältst du davon, wenn ich mal nachsehe, ob dieser schöne Gaumenschmaus zu haben ist? Ich weiß, wie man es bei einer Gans machen muss. Meine Mutter hat es mir erklärt. *‚Eine Gans musst du blitzschnell am Hals packen'*, hat Mutter gesagt. *‚Aber hüte dich vor dem Schnabel. Er kann fest zuschnappen.'* Meinst du, ich bin schon geschickt genug?"

Hasel blieb erschrocken stehen. Hatte er nicht seinem Vater versprochen, nie etwas zu nehmen, was ihm nicht gehört?

„Nee, nee, mein gutter Freund. Ooch wenn ich dir den Namen *Maul* gegeben hab, heeßt doas nich, doass de oalles eis Maul nehmen sullst, woas vor deine Nase kummt", antwortete ihm der Junge. „Ei der kleenen Hitte[63] lebt sicherlich een Bauer mit seiner Frau; die sein genau asu arm, wie meine Eltern. Deshalb wullen mer denen nischts klaun[64]. Lass' uns bescheiden bleibn. Ich aß[65] Beeren, Pilze und Wurzeln; du koannst dir een Mäusel fangn oder eene Heuschrecke schmecken lassen. Su leiden mir beede keenen Hunger nich."

Das kleine Füchslein leckte sich nochmals den Duft eines Gänsebratens von seiner Nase und legte den Kopf schief. Die Worte des Menschenkindes hatte er verstanden, ihren Sinn aber nicht. Weil *Hasel* aber sein Lebensretter war, so wollte er ihm auch gehorsam sein.

---

[63] Hütte
[64] stehlen
[65] esse

Mit jedem Tag, an dem sie gemeinsam durch die endlosen Wälder streiften, verstand Hasel die Sprache des kleinen Fuchses besser. Was die Hirsche sich gegenseitig zubrüllten, konnte Maul ihm erklären. Genau so war es, wenn ein Reh fiepte oder ein Habicht schrie. Hasel verstand bald alle Rufe der Tiere.

An einem Abend hörten beide ein Reh bellen.
„Lauft nicht so schnell. Lasst mich nicht allein. Mein Fuß schmerzt so arg", schrie es dem Rudel hinterher.
Hasel und Maul eilten in die Richtung, aus der die jammervollen Rufe zu hören waren. Da sahen sie auf einer Waldwiese eine Rehmutter, die nur auf drei Beinen laufen konnte. Ihren rechten Vorderfuß streckte sie in die Höhe. Schnell sagte Hasel zum Füchslein:
„Bleib hier, sie würden Angst ham, wenn sie dich sahn[66]. Sie glooben[67] vielleicht, du willst dem Jungtier was zu Leide tun. Ich werd zuerst amol gucken, ob ich helfen kann. Danach sag ich den beeden, doass mir Freunde sein mit allen Tieren."
Wie Hasel es sich gedacht hatte, steckte zwischen den Zehen des Rehs ein spitziger Stein. Beruhigend sprach er auf das

---

[66] sehen
[67] glauben

Tier ein, und schnell war das Übel entfernt. Zusammen mit dem Kitz lief das Reh den anderen nach und erzählte allen, wie gut ihr der Junge geholfen habe. Neugierig schaute das Rudel vom Waldrand herüber. Hasel und Maul winkten ihnen zu, Hasel mir seiner Hand, Maul mit dem Schwanz. Die Rehe nickten mit ihren Köpfen und liefen friedlich vereint in den Wald hinein. Jedem Tier, das sie trafen, berichteten sie, was sie soeben erlebt hatten. Den Hirschen, den Wildschweinen und allen anderen Tieren. Auch die Vögel hörten eifrig zu.

So verbreitete sich die Kunde von Hasel und Maul schnell im ganzen Tierreich. Welches Tier auch in Not kam, ein jedes rief die beiden zu Hilfe. War ein Hilferuf zu leise, nahmen ihn die Vögel auf und trugen ihn weiter. Einmal war ein junger Buntspecht, der sich zu weit aus seiner Baumhöhle hervorgewagt hatte, auf den Waldboden gestürzt und in einer großen Pfütze gelandet. Die spitzen Ohren von Maul hörten auch dieses ängstliche Piepsen. Manchmal mussten Enten- oder Gänseeier vor steigendem Hochwasser gerettet werden. Es gab jeden Tag eine andere Aufgabe. Besonders ärgerte sich Hasel über die Menschen, welche Schlingen auslegten, die für viele Tiere zur tödlichen Falle wurden. Konnten sie ein gefangenes Tier nicht mehr rechtzeitig befreien, durfte Maul es mit einem festen Biss ins Genick von seinen Schmerzen erlösen. Das nahmen die Tiere des Waldes dem kleinen Fuchs nicht übel, selbst wenn er danach mit den Opfern der Schlingenleger seinen Fleischhunger stillte.

Einmal durchstreiften Hasel und Maul einen großen dunklen Wald.
Die Bäume standen so dicht, manchmal glaubten die beiden, sie fänden keinen Ausweg mehr. Zudem hallte jämmerliches Wolfsgeheul durch die Dunkelheit. Ein sehr junger Welpe schrie nach seiner Mutter. Wenn er so laut schreit, wird sie ihn schon finden, dachten sich beide und liefen weiter.
Als sie endlich den Rand des finsteren Waldes erreicht hatten, blieb es dunkel.
„Müsste jetzt nicht die Sonne scheinen?", fragte das schlaue Füchslein. „Oder wenigstens der Mond?"
Hasel zuckte mit den Schultern. Als er aber in der Ferne Dächer entdeckte, rief er erfreut:
„Guck amol, durte[68] sein Häuser. Loass ins ei die Stadt giehn, ich mecht amol wieder eenen Menschen sahn."
Maul blieb erschreckt stehen.
Vor einer Begegnung mit Menschen hatte er große Bedenken. Diese Zweibeiner waren nicht gerade Freunde seiner Gattung. Dem Wunsch seines Begleiters wollte er aber auch nicht entgegenstehen. Er

---
[68] dort

selbst spürte ja auch schon seit einiger Zeit das Verlangen, wieder einmal mit anderen Füchsen herumzutollen.

„Wenn mer zur Stadtmauer kumm, werd ich dir eene Weidengerte uma Hals legn, wie eene Leine, verstiehste? Und den Wächter erzähl ich, du bist mei treuer Hund."

Dieser Vorschlag gefiel Maul nun schon gar nicht. Eine Leine um den Hals wäre da noch das kleinere Übel gewesen, doch ein Hund sein, nein, das wollte er auf keinen Fall.

Aber alle diese Pläne waren umsonst ausgedacht.

Als sie zum Stadttor kamen, blieben sie verwundert stehen.

Da stand doch auf der rechten Seite ein Wächter, der blies auf seinem Horn das Nachtgebet und schloss, als er sein Lied beendet hatte, den großen schweren Seitenflügel des Tores. Auf der anderen Seite, der linken, blies ein anderer Soldat den Morgenchoral und öffnete seine Flügeltür. So gab es Hirten, die ihre Herde aus der Stadt hinaustrieben, andere trieben zur gleichen Zeit ihre Tiere zurück in die Ställe.

In dem ganzen Durcheinander war es ein Leichtes, das Stadttor zu passieren und durch die Straßen zu laufen. Auch hier bot sich den beiden das gleiche Bild. Manche Händler öffneten ihre Geschäfte, während andere dabei waren, die Läden zu schließen.

Das einzige friedliche Bild in dieser Stadt bot ein Bettler, der unter der großen Linde am Boden saß.

Hasel sprach ihn an.

„Ihr kennt euch sicher hier gutt aus, lieber Herr. Wullt ihr mir bitte erklärn, woas ei dieser verrückten Stadt luus[69] ies? Die loofen ja alle durcheinander als wern se meschugge. Gibts dafür eenen Grund?"

Der alte Mann kaute auf einer Wurzel herum und ließ sich viel Zeit, bevor er eine Antwort gab.

„Sie ferchten[70] sich vorm Weltuntergang." Seine Worte klangen spöttisch. „Aber weeßte, eener wie ich, der nischte nischts zu verlieren hoat, dem macht doas nischts aus nich."

„Woas ies denn passiert? Erzählstes mir?"

Der Bettler spuckte die angekaute Wurzel in hohem Bogen in den Sand, streckte seine Beine lang aus und begann zu lachen. Endlich berichtete er in abgehackten Sätzen:

„Drei Tage ies es etze her, doa hoat er angefangen."

„Wer hat was angefangen?"

„Der Wulf."

„Welcher Wolf?"

---

[69] los
[70] fürchten

„Hörschte ihn nich?"

Das Wolfsgeheul kannten Hasel und Maul schon lange.

„Ham die Städter Angst vor eenem Wolf?"

Der Alte schüttelte seinen Kopf. Seine langen weißen Haare wirbelten nur so herum.

„Doas ies viel schlimmer. Viel, viel schlimmer."

Hasel kramte aus einem Beutel einen frischen Pilz und bot ihn dem Bettler als Geschenk, er möge nur alles, was geschehen sei, hintereinander berichten. Der Alte sah sich die Gabe von allen Seiten an, roch daran und ließ sich sie Waldfrucht schmecken. Dann endlich begann er zu erzählen:

„Vor drei Tagen warsch[71], doa hoat der Wulf am helllichten Tag ies erschte Mal geheult. Und doas hatt se verrickt gemacht, weil die Wölfe doas sunst blußig ei der Nacht machn. Goar ferchterlich hoat ar geheult – am helllichten Tag!"

Er hob seinen Finger in die Luft.

„Haarstes?[72] Es klingt ferchterlich. Und nu scheints, doas Jammern ies bis ei na Himmel nauf gestiegn. Die Sunne hoat sich derschrocken. Sie wusste plötzlich nimmer, ob se scheina sull, bei sulch eenem Wolfsgeheul. Weil, wenn se sunst scheint, doa schloofen die Wölfe und sein still. Weil der

---

[71] war es
[72] Hörst du es?

Wulf oaber weiter geschrien hoat, hoat die Sunne an Mond gerufen und ihn gefragt:

‚Sag mal Mond, wenn ein Wolf heult, ist das nicht deine Zeit? Musst du jetzt die Wacht am Himmel zu übernehmen?'

Nu ja, nu nee, der Mond hoat oaber noch geschloofen und ies deshalb blußig[73] mit eenem halben Gesicht am Himmel erschiena. Ei ihrem Schreck ies die Sunne weggeloofen. Hinger dem Horizont hoat se nachgerechnet und ieberlegt, eigentlich misste uff der Erde etze Tag sein. Doa ies se wieder zurück, doch der Mond hoat sie angeraunzt:

‚Hörst du nicht, wie der Wolf heult? Seit wann heulen die im Sonnenschein?'

Da ies die Sunne wieder verschunden. Der Mond ies ihr aber nachgeloofen, weil ar ihr noch eenen Spottvers nachrufen wullte. Da war uff eenmal keener von den beeden mehr zu sahn. Weil doas aber nich sein darf nich, hoat der Mond hinger dem Horizont kurz hervorgeguckt, danach wieder mal die Sunne. Manchmal sein se beede gleichzeitig iebern Himmel geloofen, dann wieder keener von den beeden. Von dem ganza Durcheinander sein die Menschen reen irre gewurn. Ihr saht ja, wies hier zugieht."

Nach dieser langen Rede brach der Bettler ab, streckte sich lang aus und schloss die Augen. Im gleichen Moment

---

[73] bloß

marschierten drei Soldaten der Stadtwache über den Platz, die große Flinten quer über ihren Schultern trugen. Hasel stellte sich ihnen in den Weg und fragte, wen sie erschießen wollten.

„Nu ja, nu nee, den elenden Wulf miss mer abknalln", gaben sie zur Antwort. „Sulange wie der asu jämmerlich heulen tutt, gerät die Welt in Unordnung."

„Aber hört ihrs nicht? Doas ies een ganz kleener junger Wolf, der schreit nach seiner Mutter. Ar hoat se wuhl verlorn und ies nun vuller Sehnsucht nach ihr."

„Der Bürgermeester hat's befohlen. Een Befehl ies een Befehl. Mir missa ihn erschießen!"

In diesem Moment verschwanden Sonne und Mond gleichzeitig hinter dem Horizont. Zum Schießen war es nun viel zu dunkel, und keiner wusste, wann die beiden Himmelslichter wieder erscheinen würden. Das nutze Hasel aus und gab den Soldaten einen Befehl.

„Stillgestanden. Ihr bleibt hier bei dem Bettler und passt uff ihn uff, doas ar nich wegloofen tutt. Ich gieh eis Rathaus und erzähl dem Bürgermeester, woas der junge Wulf ei die Welt nausschreit."

Weil Soldaten daran gewöhnt sind, Befehle zu befolgen, ganz gleich von wem sie kommen, hockten sie sich rund um den Weißhaarigen. Die Gewehre legten sie quer über ihre gekreuzten Beine, als wollten die so ein Entweichen des alten Mannes verhindern.

Schnell eilte der Junge zum Rathaus.
Maul schlich hinter ihm her. Keine Wache hielt die beiden auf, und so kamen sie schnell bis in den großen Sitzungssaal.
„Herr Bürgermeister", rief Hasel noch ganz außer Atem und mühte sich sehr, nach der Schrift zu reden. „Ihr dürft den kleinen Wolf nicht erschießen lassen. Sein jammervolles Heulen, das bis nuff zum Himmel steigt und den Streit zwischen Sonne und Mond heraufbeschworen hat, das ies een Sehnsuchtsgeschrei. Das Tier ruft nach seiner Mutter. Schreit nach ihrer Liebe. Sehnsucht nach Mutterliebe kann man doch nicht erschießen."
„Woher willst du das wissen? Willst du mir einreden, du kennst die Sprache der Tiere?"
„Ja, Herr Bürgermeister. Von meinem Freund hab ich sie gelernt."
Der kleine Fuchs hatte sich inzwischen auf seine Hinterpfoten gesetzt und nickte heftig mit dem Kopf.
„Und der da, versteht der auch, was wir beide reden?"
„So ist es, Herr Bürgermeister."
„Ein Fuchs ist schlau. Aber ein Wolf, den muss man erschießen."

„Nur weil er um seine Mutter heult, die ihn geliebt hat? Hattet ihr keene Mutter, die euch liebte? Die ihr geliebt habt? Wenn ja, könnt ihr dann zulassen, dass jemand wegen seiner Liebe zur Mutter erschossen wird?"

Das Stadtoberhaupt wurde nachdenklich. Ihm schienen diese Worte zu gefallen.

„Und was schlägst du vor, was wir tun sollen? Du musst doch bemerkt haben, er bringt mit seinem Geheul die ganze Welt durcheinander. Die Sonne weiß nicht mehr, wann sie zu scheinen hat. Und der Mond kommt kaum hinter dem Horizont hervor, als fürchte er sich. Die Leute wissen nicht mehr, ob Abend ist, oder schon wieder Morgen. Sogar in meinem Haushalt herrscht das Chaos. Mein Frühstücksei bringt man mir, wenn ich zu Bett gehen will, und meinen Gute-Nacht-Trunk, das gute schwarze Bier, gleich nachdem ich aufgestanden bin. Was sollen wir nur tun?"

„Lieber Herr Bürgermeister. Lasst mich zusammen mit meinem Freund sofort zu dem kleinen Wolf eilen und mit ihm reden. Eure Soldaten dürfen aber die Stadt nicht verlassen."

Dem amtlichen Einwand, draußen sei es stockdunkel, schenkten die beiden kein Gehör. Bevor der Bürgermeister JA oder NEIN sagen konnte, liefen sie hinaus in den finsteren Wald. Die heulende Stimme gab ihnen die Richtung vor.

Nun schien es so, als habe der Mond neugierig gelauscht und wolle zusehen, was da auf Erden so vor sich ging. Nur ein kleinwenig stieg er über den Horizont und schickte einen dünnen Strahl zwischen den Baumstämmen hindurch auf eine kleine Lichtung. Sie fielen direkt auf den jungen Wolf, der mit hocherhobener Schnauze sein jammervolles Lied sang.

Vorsichtig näherten sich Hasel und Maul und sprachen beruhigende Worte. Zärtlich umfasste Hasel den Hals des zitternden Tieres. Auch Maul drängte sich heran und leckte die Tränen aus dem verweinten Gesicht des jungen Wolfs. Doch sein klagendes Geheul weckte auch ihre Trauer wieder auf. Und so weinten sie gemeinsam, und ihr dreifacher Klagegesang war so herzzerreißend, dass sich der neugierige Mond eilig wieder versteckte. Sogar mancher Stern verhüllte seinen silbernen Glanz. Noch nie war es auf der Erde so dunkel gewesen wie in dieser Stunde.

Hasel war es, der sich zuerst aus diesem Kreis löste.

Er erinnerte an die Soldaten, die mit ihren langen Gewehren vielleicht schon unterwegs waren, um den kleinen Wolf zu töten. Mit leiser Stimme versuchte er die beiden mutterlosen Tiere zu trösten.

„Lasst uns uffhören zu heulen ..."

Der kleine Wolf konnte sich aber nicht beruhigen.

„Wie soll ich nicht weinen? Drei Tage und drei Nächte musste ich zusehen, wie sich die Schlinge um den Hals meiner Mutter immer enger zog. Direkt vor mir lag sie, und noch in ihrem Todeskampf hat sie mich gesäugt. Die letzten Kräfte ihres Lebens hat sie mir gegeben, soll ich da nicht weinen und klagen?"

„Oh ja, mein kleener Freund, doas derfste.[74] Wer seine Mutter verliert, und darüber nicht heulen tutt, der muss een steinernes Herz eim Leibe ham. Aber weeßte, dein Wehklagen ies asu stark, es steigt bis nuff ei a Himmel. Die Sunne, die hoaste[75] ganz verwirrt. Sie hoat sich geweigert, uff die Erde zu strahlen solange du heulst. Und ooch der Mond, der kennt ja das Geheul vun allen Wölfen in den hellen Nächten, ooch der erträgt dein Heulen nicht mehr. Alle beede, die Sunne und der Mond, ham ihre Himmelsbahnen verlassen, und nu weeß keener mehr, welche Zeit uff der Erde ies."

Hasels Worte beruhigten den kleinen Wolf. Als aber sein Schluchzen gar kein Ende nehmen wollte, mischte sich der kleine Fuchs ein.

„Weißt du, kleiner Wolf, wir wissen, wie schwer es ist, die Mutter zu verlieren. Uns

---

[74] darfst du
[75] hast du

ist das gleiche Leid widerfahren. Bleib bei uns und lass uns drei Freunde sein."

Als der Wolf das gehört hatte, beruhigte er sich und beendete sein Geheul. Hasel legte seine Arme um beide Tiere und drückte sie an sich. Zu einem runden Knäuel zusammengerollt schlief das Trio tief und fest ein.

Die große Stille, die nun eingekehrt war, lockte den Mond hinter dem Horizont wieder hervor. Als er das friedliche Bild der schlafenden Freunde sah, stieg er zu seinem höchsten Himmelspunkt empor, und seine Strahlen erhellten die bisher so dunkle Erde. Voller Bedacht wanderte er über den Himmel und gab, als er den Horizont erreicht hatte, der Sonne ein Zeichen, sie solle nun auch ihren Dienst am Himmel wieder antreten, was sie auch in gewohnter Pünktlichkeit tat.

Es dauerte lange, bis Fuchs und Wolf erwachten.

Hasel hatte inzwischen der toten Wölfin ein sicheres Grab unter einem Felsen bereitet. Seinem Vorschlag, gemeinsam durch die Welt zu ziehen und gegen das Böse zu kämpfen, stimmten die beiden Vierbeiner schwanzwedelnd zu.

So kehrte die alte Ordnung zurück. Das Leben der Menschen ging wieder seinen gewohnten Gang. Hasel und seine beiden

Leidensgenossen versäumten aber nie, jeden Abend, bevor sie einschliefen, über ihre Mütter zu reden. Alle Geschichten, die sie sich erzählten, waren voller Liebe. Vom ersten Schluck der warmen Muttermilch erzählten sie, von den liebevollen Küssen und den schützenden Umarmungen. Und wenn alles gesagt war, was in der Erinnerung weiterlebte, schrien sie für einen kurzen Moment ihre Sehnsucht nach der Mutter in die Nacht – schwiegen aber schnell wieder, damit ihr himmelschreiender Schmerz die Welt nicht wieder in Unordnung bringen konnte.

Und während sie Tag für Tag über Wiesen und Felder streiften, sannen sie darüber nach, welchen Namen der kleine Wolf erhalten sollte. So schnell wurden sie sich nicht einig, denn es gab auch noch andere Gedanken, die jeden einzelnen bewegten.

Jeden Abend, bevor Hasel einschlief, gedachte er seiner Eltern im Gebet. Hörte er gleichzeitig, wie Fuchs und Wolf vor Sehnsucht nach ihren Müttern leise schluchzten, konnte auch er seine Gefühle nicht mehr zurückhalten.
„Du hast es am leichtesten", tröstete ihn dann der junge Fuchs. „Du weißt, deine Mutter ist im Königsschloss eingesperrt. Vielleicht kannst du sie eines Tages wiedersehen. Mein Leid ist viel größer. Mir kann

keiner sagen, ob meine Mutter noch lebt oder ob sie wegen ihres schönes Fells getötet oder in einen Zirkus verschleppt wurde."

Da schluchzte der kleine Wolf laut auf.

„Mein Leid ist das Allergrößte. Drei lange Tage und Nächte habe ich zusehen müssen, wie sich die Schlinge um den Hals meiner Mutter immer enger zog, bis sie qualvoll erstickt ist. Musste ich da nicht so jämmerlich schreien, dass es bis in den Himmel drang?"

Hasel umfasste mit seinen Händen den Wolfskopf und drückte einen Kuss auf die feuchte Schnauze.

„Oh ja, dei Schmerz woar der allergrößte. Es war nur recht, doass dein Jammern bis ei a Himmel gestiegen ies und die Sunne und a Mond durcheinander gebracht hat."

So erzählten sich die drei Freunde jeden Abend Geschichten von der Liebe ihrer Mütter, bis endlich der Schlaf die Oberhand gewann.

So verging die Zeit.

Immer wieder quälte Hasel der Gedanke, ob er nicht mit Hilfe seiner Freunde seine Eltern aus der Knechtschaft am Königshof befreien könnte. Und wie es manchmal im Leben so ist, geschah etwas, was manche Menschen einen Zufall, andere ein Wunder nennen.

An einem friedlichen Sommertag hallte plötzlich großer Lärm durch den Wald. Pferde schnauften und wieherten, Menschenstimmen brüllten wild durcheinander.

Schnell eilten die drei Freunde in die Richtung, aus der das Geschrei zu hören war. Was sie sahen, erschreckte sie. Vier oder fünf Räuber ritten mit hoch aufbäumenden Pferden um eine Kutsche herum, johlten laut und fuchtelten mit langen Spießen. In dem prachtvoll geschmückten Wagen saß ein wunderschönes Mädchen, das eine kleine goldene Krone trug. Der Kutscher und zwei livrierte Diener, welche die Tochter des Königs beschützen sollten, flüchteten vor Angst in den Wald und überließen die Prinzessin ihrem Schicksal.

Hasel wusste sofort, gegen diese wilden Gesellen hatten sie zu dritt keine Chance. Hilflos sahen sich die drei Freunde an, bis jedem von ihnen der gleiche Gedanke kam.

Schnell riefen sie, jeder auf seine Art, alle Tiere des Waldes zu Hilfe – und es dauerte gar nicht lange, da kamen sie herangebraust: Hirsche und Rehe, Wildschweine und Wölfe. Über ihren Köpfen kreisten Adler; Habichte setzten zum Sturzflug an.

Als die Räuber diese Übermacht heranstürmen sahen, ließen sie von der Kutsche ab und flüchteten im wilden Galopp.

Da herrschte eine große Freude unter den Tieren.

Endlich hatten sie den drei Freunden, die ihnen viel Gutes getan hatten, auch einmal helfen können.

Es war aber noch etwas, was sich in die Freude einmischte.

Nach langer, langer Zeit erlebten der kleine Fuchs und der kleine Wolf wieder einmal die Gemeinschaft ihrer Artgenossen. Freudig wurden sie begrüßt und durch Streicheln und Belecken aufgefordert, bei ihnen zu bleiben.

Hasel nickte ihnen zu.

„Geht nur, wohin euch eure Sehnsucht treibt. Nu ies wohl ooch für mich die Zeit gekumm, zu a Menschen zurückzukehrn."

Noch einmal umarmten sie sich, rieben ihre Nasen aneinander und wünschten sich gegenseitig Glück. Auch bei allen anderen Tieren bedankte sich Hasel für ihre Hilfe und winkte ihnen nach, bis alle im Wald verschwunden waren.

Dann eilte er zu der vor Angst zitternden Prinzessin und sprach beruhigend auf die Erschrockene ein. Als ihm das gelungen war, setzte er sich auf den Kutschbock und dirigierte die Pferde zurück ins Schloss.

Nachdem der König gehört hatte, was seiner Tochter geschehen war, kannte seine Freude über den glücklichen Ausgang keine Grenze.

„Wie soll ich dir nur danken?", sagte er zu Hasel. „Nenne mir einen Wunsch, und ich will ihn dir erfüllen. Wenn du es willst, sollst du sogar der Gemahl meiner Tochter werden."

„Eure Tochter ies wunderschön", antwortete Hasel und beugte sein Knie. „Es wär eene große Ehre für mich, ihr Gemahl sein zu dürfen. In meinem Herz brennt aber een ganz anderer Wunsch."

Nach diesen Worten erhob sich Hasel und stellte sich aufrecht mit hocherhobenem Kopf vor den Herrscher.

„Verehrter Herr König, ich seh, wie glicklich ihr seid, eure Tochter wohlbehalten ei die Arme schließen zu können. Mein Vatel und meine Muttel konnten ihren Sohn schun lange nich mehr umarmen. Eure Schuldeintreiber seins gewaast,[76] die ham se vor einigen Jahren hierher an euren Königshof verschleppt. So hoab ich blußig eene eenzige Bitte: Gewähret meinen Eltern, doass se ihren Sohn umarmen dürfen. Gern gebe ich euch dafür die eenzige Münze, die ich besitzen tu, ooch wenn se nur aus Kupfer ies."

Schnell ließ sich der König erzählen, was damals geschehen war.

Danach dauerte es keine Stunde, bis sich Hasel und seine Eltern wiedersahen. Voll großer Freude schlossen sie ihren

---
[76] sind es gewesen

Sohn in die Arme. Der König, der das mit bewegtem Herzen mit ansah, senkte beschämt seinen Kopf. Dann aber befahl er seinen Dienern, die abgebrannte Waldhütte sofort wieder aufzubauen. Eine Kuh, drei Ziegen, fünf Gänse und eine Schar Hühner sollten den Heimkehrenden mitgegeben werden. Zugleich ordnete der König an, fortan dürfe für alle Zeiten kein Tribut mehr von ihnen eingefordert werden, wer immer auch im Schloss regiere. Die ihm von Hasel vor die Füße gelegte Kupfermünze ließ er von einem Diener gegen ein Goldstück eintauschen und dem Retter seiner Tochter überreichen.

Bis des neue Waldhaus aufgebaut war, durften Hasel und seine Eltern als Gäste der geretteten Prinzessin im Schloss bleiben. Alle erhielten neue Kleider und wurden eine ganze Woche lang mit dem Besten, was Küche und Keller zu bieten hatten, bewirtet. Das Allerschönste aber war, dass die Magd, die die Speisen täglich herbei trug, Hasels Bitte, für immer bei ihm zu bleiben, mit Freuden annahm.

So wurden sie alle an einem wunderschönen Sonntagmorgen in einer königlichen Kutsche zu der Stelle gefahren, an der das neuerbaute Haus und die vom König versprochenen Tieren schon auf sie warteten.

Glücklich und zufrieden lebten Hasel mit seiner Frau und seinen Eltern ihr bescheidenes Leben. Als die Frühlingssonne den letzten Schnee aufgeleckt hatte und erstes Kindergeschrei durch den Wald hallte, war das Glück vollkommen.

Ab und an aber, wenn Hasel einen Wolf heulen hörte oder einen Fuchs am Waldrand entlang schleichen sah, erwachte in ihm die Erinnerung an seine Freunde. Dann kniete er nieder und dankte Gott für seine Güte und hoffte, auch seinen Freunden habe er Frieden und Glück geschenkt.

***

Das Märchen vom König, dem alles Bunte zuwider war.

Es lebte einmal ein König, der war sehr hochmütig. In seiner Selbstherrlichkeit glaubte er, die Wahrheit und das Recht seien sein alleiniges Eigentum. Vor seinen Entscheidungen fragte er weder die Kronräte um ihre Meinung, noch seinen einzigen Sohn, der später einmal das Land regieren sollte. Von den Untertanen verlangte er unbedingten Gehorsam. In seiner Arroganz verbot er allen, näher als drei Schritte an ihn heranzutreten, ihn gar zu berühren.

Dieser König kannte nur zwei Dinge: Gut oder schlecht. Freund oder Feind. So wunderte es niemand, dass seine Fahne auch nur zwei Farben besaß: Schwarz und Weiß. Sein Wappenvogel war die Elster. *Klarheit* nannte er es, alles Bunte war ihm zuwider.

Um seinem Denken sichtbaren Ausdruck zu verleihen, ließ er eines Tages quer durch die Königstadt eine Mauer bauen. Auf der einen Seite stand sein prächtiges Schloss. Wer ihm zu Willen war, durfte in seiner Nähe wohnen. Wer ihm widersprach oder Zweifel an seiner Allwissenheit äußerte, wurde hinter die Mauer verbannt. Dazu kamen auch diejenigen, die ihn verspotteten oder Witze über ihn erzählten.

Wie es so bei den Menschen ist, mühten sich viele, dem König zu gefallen. Sie trugen nur schwarze oder weiße Kleidung, zogen artig ihre Hüte und beugten die Knie, sobald der Herrscher in ihre Nähe kam. Selbst wenn er ihnen neue Steuern auferlegte, die ungerecht waren, blieben sie still. In der Nähe des Königs zu leben war ihnen wichtiger, als eine eigene Meinung zu besitzen oder gar auszusprechen.

Unbeugsam aber blieben die Maler.
Sie weigerten sich beharrlich, nur noch schwarzweiße Bilder zu malen. So waren sie die ersten, die verbannt wurden. Bevor sie aber hinter die Trennmauer zogen, mussten sie diese auf der Seite, die vom Schloss aus zu sehen war, mit schwarzen und weißen Mustern anstreichen. Voller Widerwillen taten sie es, doch kaum hatten sich die Tore hinter ihnen geschlossen, wuschen sie ihre Pinsel aus und malten auf ihre Mauerseite bunte Blumen, tanzende Menschen und eine goldene Sonne.

Die Maler blieben nicht lange allein. Bald folgten ihnen die Färber. Nach alter Tradition hatten sie es gewagt, weiterhin Wolle und Stoffe in rote, grüne oder blaue Farbtöpfe zu stecken. Als der König davon erfuhr, wurde er zornig und befahl, alles, was bunt leuchtete, in schwarze Bottiche zu stecken. Wer diesem Befehl nicht nachkam, wurde ebenfalls in die Verbannung geschickt.

So erging es auch den Webern.

In ihren Kästen lagen noch viele farbige Spindeln. Aus Angst vor dem König ließen sie die Weberschiffchen mit bunten Garnen nur in tiefster Nacht in ihren Webstühlen hin und her sausen. Doch Verräter schlafen nie. So mussten auch viele Weber die *Schwarzweißstadt* verlassen.

Besonders schwierig wurde es für die Lehrer. Ihnen hatte der König befohlen, den Kindern nur das zu erklären, was in der Natur der königlichen Farbenlehre entsprach. So wurde der Kohlweißling zum bekanntesten Schmetterling, obwohl er durch seine Fressgewohnheiten große Schäden anrichtete. Nicht anders war es beim königlichen Wappentier, der Elster. Bei allen, die Singvögel liebten, war sie wegen ihrer Nesträuberei verhasst. Im Amtseid der Lehrer stand aber die Verpflichtung, den Kindern dies als „Ammenmärchen" darzustellen.

Nun geschah aber immer wieder, was geschehen musste.

An herrlichen Sommertagen erstrahlte der Himmel über dem gesamten Königreich in seinem wunderschönen Blau. Im Stadtteil der Verbannten leuchteten die Blumen und alle Häuser strahlten in all ihrer bunten Pracht. Wenn der König vom Turm seines Schlosses diese Farbenvielfalt sah, stieg großer Ärger in ihm auf. Eilends ließ er alle Vorhänge zuziehen. Erst wenn tiefschwarze

Wolken mit weißen Rändern über die Stadt zogen, verflog sein Zorn.

Voller Freude über dieses Himmelszeichen ordnete er umgehend an:

„Die königstreuen Bürger haben diesem himmlischen Zeichen in aller Öffentlichkeit zuzujubeln!"

Nur zaghaft traten die Menschen auf die Straße, denn sie fürchteten das nahende Unwetter. Es dauerte auch gar nicht lange, da begann es kräftig zu regnen. Schnell flohen sie wieder in ihre Häuser.

Doch Gewitter dauern nicht ewig.

Kaum war eine Stunde vergangen, kam die Sonne wieder hinter den Wolken hervor, und ein Regenbogen zeigte seine prächtigen Farben über dem geteilten Land.

Nun waren es die Verbannten, die ihre Häuser verließen und fröhliche Lieder anstimmten. Das hörten natürlich auch die Bewohner, die rund um den Königspalast wohnten. Manch einer ließ sich von dieser Fröhlichkeit anstecken und wagte es, mitzusingen.

Bis hinauf in den Thronsaal drang dieses Jauchzen.

Den König kränkte das sehr. Sofort erließ er den Befehl, alle, die rund um das Schloss dem Regenbogen zugejubelt hatten, sofort hinter die Mauer zu sperren. So wurden Frauen ihren Männern entrissen, Kinder ihren Müttern. Doch schnell fanden die Verlassenen eine Lösung. Sie holten die letzten farbigen Tücher, die versteckt auf den Dachböden lagen, legten sie über die Schultern und tanzten auf der Straße herum, um zu ihren Angehörigen hinter die Mauer verbannt zu werden.

So war es kein Wunder, dass dort, wo es bunt und farbenprächtig zuging, bald mehr Bewohner lebten als rund um das Königsschloss.

Eines Nachts aber erschraken die Bewohner der *Buntstadt* sehr.

Von den Bergen, die direkt hinter ihren Häusern in die Höhe stiegen, hallte ein sonderbares Geräusch herab. Hörten sie es zuerst nur nach Anbruch der Dunkelheit, dröhnte es bald auch am Tag in ihren Ohren.

Da machten sich einige mutige Männer auf den Weg, um die Ursache dieses furchteinflößenden Brausens zu erkunden. Kaum hatten sie den Bergwald erreicht, sahen sie einen großen Drachen. Aus seinem aufgerissenen Maul ragte eine feuerrote Zunge heraus. Mit seinem mächtigen Körper schob er die Bäume einfach zur Seite.

Erschreckt liefen die Späher zurück und berichteten, was sie gesehen hatten.

Weil es in der *Buntstadt* keine Soldaten gab, und auch keiner der Bewohner eine Waffe besaß, blieb ihnen nichts anderes übrig, als im Schloss um Hilfe zu bitten. So klopften einige Männer an das verschlossene Mauertor und baten, den König sprechen zu dürfen.

„Nur wenn ihr euch in schwarze Kleider kleidet, dürft ihr passieren", wurde ihnen beschieden.

Voller Widerwillen gehorchten sie, traten vor den Herrscher und baten darum, er möge ihnen helfen. Als der König die Boten in der von ihm gewünschten Kleidung vor seinem Thron knien sah, war er über die Geste der Unterwerfung hoch erfreut und sagte seine Hilfe zu.

„Aus meiner königlichen Gnade heraus will ich euch zur Seite stehen. Aber nur, wenn alle, die hinter der Mauer leben, bereit sind, von nun an und für immer nur noch schwarze oder weiße Kleider zu tragen."

„Gnädiger König, bedenkt", wandte der Bote ein, „wir besitzen keine derartigen Kleider."

„Dann besorgt sie euch", erwiderte der König barsch. „Ich kann warten."

Kaum hatte der König diese Worte ausgesprochen, drang das schauerliche Gebrüll erneut von den Bergen herab und brach sich als Echo sogar zwischen den Mauern des Schlosses. Das erschreckte den König sehr. Er fürchtete um sein eigenes Leben. Sofort gab er den Befehl, alle

Soldaten diesem wilden Tier entgegen zu schicken.

Das Tor in der Mauer wurde für die schwarzweiß gekleideten Kämpfer geöffnet, denn nur durch die *Buntstadt* konnten sie die Berge erreichen. Als sie die farbenfrohen Häuser rechts und links der Straße sahen, stockte für einen Moment ihr Schritt. Verwundert sahen sie sich um. Soviel Buntes hatten sie schon lange nicht mehr gesehen.

Sogar der König, der auf seinem schwärzesten Rappen geritten kam, konnte sein Erstaunen nicht verbergen.

Plötzlich erscholl das Grollen ganz aus der Nähe. Schnell erinnerten sich alle an ihre Pflicht. Eilig wurden Speere und Lanzen auch an die Männer der *Buntstadt* verteilt, und gemeinsam zogen alle dem Bergwald entgegen.

Weit mussten sie nicht gehen.

Der Drache kam bereits wild schnaufend auf die ersten Häuser zu. Seine feuerrote Zunge erfasste einen Soldaten nach dem anderen und zog ihn in seinen feurigen Schlund. Die Männer aber, die in bunten Kleidern kämpften, schien dieses Ungeheuer nicht zu sehen. Nur die königstreu gekleideten Ritter wurden verschlungen.

Plötzlich änderte der Drache seinen Weg. Mit weit aufgerissenem Maul kroch er auf den König zu. Im letzten Moment wagten es einige mutige Männer gegen alle Verbote, den König anzufassen und ihn vom Pferd zu ziehen. Schnell hüllten sie bunte Kleider um seinen Leib und führten ihn in den Schutz eines bunt bemalten Hauses. So kam der König mit dem Leben davon. Dem pechschwarzen Rappen half weder Wiehern noch Hufeschlagen.

Da wurde allen bewusst: die Augen des Ungeheuers konnten nur schwarz und weiß erkennen. In aller Eile behängten sich die noch lebenden Soldaten mit bunten Stoffen, von denen es in diesem Stadtteil genug gab.

Verwirrt blickte sich der Drache um.

Alles Schwarze und Weiße war plötzlich verschwunden. So legte er, müde und satt gefressen, seinen Kopf ins Gras und schlief ein. Das nutzten die Männer aus und schlugen mit all ihren Kräften auf ihn ein – und bald war das Ungeheuer besiegt.

Auch nachdem man dem König die Botschaft überbracht hatte, der Drache sei tot, drückte er die bunten Tücher, zitternd vor Angst, fest an seinen Leib.

Als die Menschen sahen, wie ihr Herrscher die roten und grünen und blauen Häuser mit seinen Händen streichelte, holten sie Hämmer und Meißel hervor und begannen, die trennende Mauer einzureißen. Auf dem höchsten Schlossturm hissten sie eine neue Fahne, die alle Farben des Regenbogens enthielt.

Auch in der Stadt begann das große Streichen.

Alle schwarzen und weißen Häuser leuchteten bald wie die Blumen auf den Feldern. Sogar das Schloss wurde in diesen Farbenrausch einbezogen. Manchmal schien es, als wolle der König gegen das Tun seiner Untertanen einschreiten. Aber jedes Mal, wenn er seinen Arm hob, rutschten die bunten Schals von seiner Schulter und seine schwarzen Kleider wurden sichtbar. Obwohl alles Bunte ihm großes Unbehagen an Leib und Seele bereitete, zog er die farbigen Tücher schnell wieder eng um seinen Körper. Die Angst vor dem Drachen ließ ihn nicht los.

Damit waren die Leiden des Königs aber noch nicht beendet.

Jede Nacht erschien ihm im Traum das weit aufgerissene Maul des Drachens. Immer wieder sah er, wie sein Lieblingspferd verschlungen wurde. Schweißgebadet wachte er dann auf und krallte sich in seine feuerrote Bettwäsche.

Seine Angst saß sogar so tief, dass er sich fürchtete, auf einem schwarzen oder weißen Pferd auszureiten. Weil er aber gern vor die Stadt geritten wäre, um zu sehen, ob der Drache wirklich noch immer mausetot dort liege, befahl er, einen seiner Schimmel bunt anzustreichen.

Inzwischen waren aber alle Farben aufgebraucht. Allein im Schloss standen noch schwarze und weiße Kübel. Um der Bitte des Königs trotzdem Genüge zu tun, mischten die Maler was vorhanden war und strichen das Pferd damit an.

Als der Knecht das Tier aus dem Stall führte, lachte er laut auf:

„Oh je, du grauer Gaul. Nu biste keen stulzer Schimmel mehr. Man kennt grad meenen, du bist een Esel."

Zum Glück hatte der König diese Worte nicht gehört.

Er ließ sich in den Sattel helfen und ritt durch die wiedervereinte Stadt.

Da rief plötzlich ein Kind ganz laut hinter ihm her:

„Satt ock, inser Keenig,[77] ar reitet uff eenem Esel!"

Und wie er so durch die Straßen und Gassen ritt, halte es im hundertfachen Echo:

„Inser Keenig ..."

„Esel!"

„Inser Keenig ..."

„Esel!"

Der König ritt unbeirrt weiter, als höre er diese Worte nicht.

Doch da geschah etwas Sonderbares. Das Pferd begann sich zu schämen. Es bäumte hoch auf und warf seinen Reiter aus dem Sattel.

---

[77] seht nur, unser König

Hilflos zappelnd lag der König wie ein Käfer auf dem Rücken. Keiner sprang herbei, ihm zu helfen. Das Verbot, den König zu berühren, war ja noch nicht aufgehoben worden.

So endete die Herrschaft eines Hochmütigen in der grauen Gosse.

Der älteste Sohn des Königs, dem noch am gleichen Tag die Krone aufs Haupt gesetzt wurde, rief den vom Vater verschmähten Thronrat ein. Befragt, was er als erstes tun solle, wurde ihm geraten, die *Freiheit von allen Zwängen* zum obersten Gebot zu erheben. Dem stimmte der junge Herrscher sofort zu. Zum äußeren Zeichen wusch der Thronfolger dem Schimmel eigenhändig die graue Farbe ab.

Um die schwarzen und weißen Pferde dennoch vor allen Gefahren zu schützen, hängte man bunte Schabracken über ihre Rücken und flocht in ihre Mähnen und Schwänze bunte Bänder.

So feierte die Buntheit des Lebens ihre Triumphe, und kein böser Drache wagte sich wieder in dieses Königreich.

***

Das Märchen vom alten Fischer.

Vor vielen, vielen Jahren lebte unter der Schwarzen Koppe ein König, der hatte zwei Söhne. Die Gegend, in die er sein Schloss gebaut hatte, war wunderschön. Wer auch immer dorthin kam, glaubte, ein Stück des versprochenen Paradieses zu erblicken.

Dunkle Wälder strahlten Ruhe aus. Wilde Bäche stürzten über hohe Felswände in die Tiefe. Ihr Rauschen glich einem stimmgewaltigen Chor, ihr Sprühen reinigte die Luft, gab den Bäumen Kraft und ließ saftige Wiesen grünen.

Unten im Tal fanden die Bäche zueinander und ruhten in einem großen See aus, in dem viele Fische schwammen. Friedlicher und reicher und schöner als dieses Königreich konnte man sich kein anderes vorstellen.

Der König, den das Volk liebte, war nun alt geworden. In der Stunde, in welcher er spürte, wie der Tod seine Hand nach ihm ausstreckte, ließ er seine beiden Söhne zu sich kommen.

„Meine Zeit ist gekommen", sagte er zu ihnen. „Von alters her ist es Sitte, dass der Erstgeborene die Krone des Vaters übernimmt. So soll es ..."

Mitten im Satz brach die Stimme des Königs ... und er verschied.

Der ältere der Söhne bedeckte mit seinen Händen die Augen des Vaters. In der Brust des Jüngeren aber brodelte die Enttäuschung. Hatte er nicht den älteren Bruder in jeglichem Kampf bezwungen? War er nicht der schnellere Reiter, der bessere Säbelfechter, der treffsichere Bogenschütze? Hatte der Vater nicht bei allen Turnieren ihm, dem Jüngeren, den Ehrenkranz des Siegers überreicht? Sollte er sich jetzt diesem Verlierer unterordnen, nur weil der zwei Jahre vor ihm geboren war?

Nein, das wollte er nicht!

Kaum ruhte der Leib des alten Königs im Grab, fasste er einen grausamen Plan. Er überredete seinen älteren Bruder zu einem nächtlichen Spaziergang. Er wolle mit ihm, dem neuen König, über seine Zukunft reden, gab er als Vorwand.

Als sie an der steilsten Stelle des Weges angekommen waren, stieß er den älteren Bruder über eine Felswand hinab in den See.

Am nächsten Tag erzählte er den Leuten, der neue König sei in die Welt hinausgeritten, wolle sich eine Frau suchen, die es wert sei, Königin zu werden. Bis zu seiner Rückkehr habe er ihm, dem Jüngeren, die Krone angetragen.

So gut auch alles ausgedacht war, die vollendete Tat lastete aber schwer auf dem Gewissen des Jünglings. Von Tag zu Tag wurde er misstrauischer gegen alle Untertanen. Er fürchtete, es könne jemand, trotz der dunklen Nacht, den Sturz gesehen haben und diese Nachricht unter dem Volk heimlich verbreiten. Sein Argwohn wurde größer und größer. Immer wieder blickte er aus seinem Fenster. Sah er zwei oder drei Männer miteinander reden, glaubte er gleich an eine Verschwörung.

Eines Tages hörte er, direkt unter seinem Schlafgemach, flüsternde Stimmen. Er musste seinen Kopf weit aus dem Fenster strecken, um den leise gesprochenen Worten zu lauschen ...

... da rutschte ihm die Krone vom Kopf, hüpfte über die Felsen und fiel in den See.

Sofort wurden die besten Taucher aus dem ganzen Königreich ins Schloss geholt. Der König befahl ihnen, nach der Krone zu tauchen und sie ihm zurückzubringen.

So tauchte einer nach dem anderen in den See, doch keiner kam an die Oberfläche zurück. Das erzürnte den König. Wieder glaubte er an eine Intrige und fürchtete um seine Macht. Ohne die Autorität, die von der Krone ausgeht, fühlte er sich schwach und schutzlos.

Sein Argwohn wurde von Woche zu Woche größer.

In seiner Verbitterung über die verlorene Krone dachte er sich für alle, die er für Verräter hielt, eine grausame Strafe aus. Genau über der Stelle, an welcher der Bergbach über eine hohe Felswand in den See stürzte, ließ er ein Seil spannen. Wer nun beim König in Ungnade fiel, wurde gezwungen, über dieses Seil zu balancieren. Kaum einem gelang, die rettende andere Seite zu erreichen. Kam tatsächlich ein Verurteilter ohne Absturz über den Wasserfall, sprach der König ein zweites Urteil:

„Nun läufst du wieder zurück!"

Das aber gelang keinem.

Von nun an lebten alle Untertanen in großer Furcht vor dem jungen König. Ein jeder hütete sich, in seiner Nähe auch nur ein einziges Wort zu sagen.

Nicht weit entfernt vom Wasserfall stand die Hütte eines alten Fischers. Jedes Mal, wenn die Trompeten vom Söller des Schlosses herab verkündeten, gleich werde einer über das Seil laufen müssen, stieg der alte Fischer in seinen Kahn und ruderte hinaus auf den See. Seine Kräfte waren nicht mehr die seiner jungen Jahre, trotzdem hoffte er, es möge ihm gelingen, den Abgestürzten vor dem Ertrinken zu retten. Seine Mühe blieb aber stets vergebens. Die tosenden Wasser drückten den Gestürzten tief in den See hinab, wälzten ihn in ihren Strudeln und gaben seinen Körper nicht mehr frei.

Es dauerte gar nicht lange, da wurde dem König zugetragen, warum der alte Fischer, anstatt seine Netze auszuwerfen, mit langen Stangen im Wasser herumstakte. Der König war empört und befahl den alten Fischer zu sich ins Schloss.

„Hörst du nicht auf mit deinem Tun, wirst du selber über das Seil laufen und im See ertrinken. Hast du mich verstanden?"

Der Fischer schwieg lange, bevor er zur Antwort gab: „Ich fercht[78] den See nich. Der See ies mei Schicksal."

Voller Zorn erhob der König seinen Finger: „Rede nicht soviel, sonst lass ich dich gleich über das Seil tanzen!"

Der alte Fischer ging bedrückt zurück in seine Hütte. Er wusste zu genau, dass dieser König keine Gnade kannte. Von da an stieg der alte Mann, sobald er die Trompeten hörte, in seinen Kahn und ruderte weit über die Mitte des Sees hinaus. Bis hinunter ans hintere Ende ruderte er, obwohl es nicht lohnte, in diesem Flachwasser die Netze auszuwerfen. Die Fische, die dort herum schwammen, waren so klein, mit

---

[78] fürchte

größer Leichtigkeit konnten sie durch jede Masche schlüpften. Keiner wusste das besser als der alte Fischer. Wenn er trotzdem sein Boot dorthin steuerte, tat er es nur, um den Sturz der Verurteilten nicht mit ansehen zu müssen.

Die anderen Fischerfamilien dagegen glaubten, sie könnten sich beim König einschmeicheln, wenn sie laut Beifall klatschten und ein „Hoch!" auf ihn ausstießen. Der alte Fischer wollte das alles nicht sehen und nicht hören. Er ruderte lieber ins Revier der kleinen Fische und fütterte sie mit den Krumen seines knappen Brotes.

Eines Tages erhob sich ein großes Gewitter über dem Schloss. Die Wolken türmten sich über der Koppe und drangen zuletzt sogar bis tief in die Täler hinein. Schon zuckten die ersten Blitze, laute Donnerschläge hallten über den See. Ängstlich verriegelten die Menschen ihre Fenster mit hölzernen Läden. Immer schneller zuckten die Blitze, immer heftiger grollte der Donner.

Und mitten hinein in das beginnende Inferno ertönten die Trompeten, bliesen ihr gefürchtetes Signal. Wieder einmal glaubte der König einen Untertanen entdeckt zu haben, der den Brudermord gesehen haben könnte. So zwang er den Verdächtigen im drohenden Unwetter über das Seil zu laufen.

Obwohl die Wellen schon kräftig gegen die Felsen schlugen und ihre Schaumkronen dem See ein gespenstisches Aussehen gaben, stieg der alte Fischer in sein Boot und ruderte weit hinaus. Die anderen Fischer riefen ihm zu, er solle ablassen davon, er solle an Land bleiben, der See werde ihn verschlingen. Doch die Trompetenstöße schmerzten den Alten zu sehr, als dass er hätte bleiben können.

Grelle Blitze zuckten, die einzelnen Donnerschläge waren nicht mehr zu unterscheiden. Ein gewaltiger Sturm kam auf und peitschte das Wasser. Und sei das alles noch nicht genug, öffneten die Wolken ihre Schleusen. Der Himmel verwandelte sich in einen riesigen Wasserfall.

Längst hatte der alte Fischer das Rudern aufgegeben, sein Kahn tanzte hilflos auf den Wellen. Wie lange würde der alte Kahn noch durchhalten? Wäre er nicht besser an Land geblieben? Vielleicht hätte der barbarische König bei diesem Wetter sein grausames Spiel abgebrochen? Vielleicht würde er, wenn auch zum ersten Mal in seinem Leben, das Wort *Gnade* aussprechen! Vielleicht? Vielleicht? - Zu spät!

Alle diese Gedanken kamen zu spät!

Der tobende See hob das Boot hoch hinauf auf eine Welle - und schmetterte es dann in ein tiefes Wellental. Das Holz krachte und zerbrach. Schwimmen sei nur etwas für Fische, hatte der alte Fischer sich stets eingeredet. So musste er sich nun seinem Schicksal ergeben.

„Es macht keenen Unterschied nich", dachte er sich, während die Wellen über ihm zusammenschlugen, „ob ich etz ertrinken tu oder noach eenem Sturz vum huhen Seil. Gewusst hoab ichs ja immer: Der See, der ies mei Schicksal."

So hörte er auf, mit den Armen ins Wasser zu schlagen, mit den Beinen zu strampeln. Andächtig schloss er die Augen und wartete darauf, den Grund des Sees zu berühren.

Und während er in die Tiefe sank, tröstete ihn ein Gebet.

Auf einmal spürte der alte Fischer, wie er angehoben wurde. Wundersam getragen schwebte er zurück an die Oberfläche. Sein Kopf ragte über das Wasser, er vermochte wieder frei zu atmen.

So plötzlich, wie das Gewitter gekommen war, verebbte es und das Wasser beruhigte sich. Verwundert blickte der alte Fischer über den See. Was er sah, erstaunte ihn. Viele kleine Fische drängten sich eng an seinen Körper, hoben ihn auf und trugen ihn ans seichte Ufer. Erschöpft setzte er sich dort auf einen Stein und blickte sich verwundert um. Das Schloss hoch oben auf dem Berg war zerstört; der Söller, von dem herab die Trompeten ihre unheilvollen Töne ins Tal gesandt hatten, war von einem Blitz gespalten. Auch die Fischerhütten rund um den See waren verschwunden.

Der alte Fischer sah das alles mit staunenden Augen.

Und sei das alles des Staunens noch nicht genug, kam einer der Fische ganz nahe an seinen Fuß. Im gleichen Moment brach ein Sonnenstrahl durch die Wolken, trocknete die Schuppenhaut des Fisches und ließ sie aufreißen. Aus ihr stieg ein Jüngling heraus, auf dessen Kopf die verlorene Krone glänzte.

„Erkennst du mich, alter Fischer? Ich bin es, der wahre König! Mein Vater wollte, ich solle nach seinem Tod die Krone trage, doch mein Bruder stieß mich heimtückisch in den See. Sein schlechtes Gewissen hat ihn aber nicht mehr ruhen lassen. Das Misstrauen hat ihn aufgefressen ... bis die Krone von seinem Haupt fiel."

„Mein König! Mein Herr ...", stammelte der alte Fischer verwirrt. „Ihr lebt?"

„Du siehst es! Der uralte Wassergeist war nicht bereit, einem Königsmord Beistand zu leisten. Er hat mich und alle anderen, die der Tyrann ins Wasser stürzen ließ, errettet und in kleine Fische verwandelt, die durch alle Netze schlüpfen konnten. Nun aber sind wir frei!"

Und wie durch ein Wunder erhoben sich alle kleinen Fische, schlüpften aus ihrer Schuppenhaut, nahmen ihre alte Menschengestalt wieder an. Stolzen Schritts gingen sie ans Ufer und bejubelten den wahren König. Dieser rückte seine Krone zurecht und verkündete seinen ersten Erlass:

„Du, alter Fischer, hast uns gefüttert. So sollst du fortan auf Lebenszeit dein Gnadenbrot erhalten."

Der alte Fischer kniete nieder und neigte seinen Kopf.

„Wullt ihr gnädig sein mit mir, hochherrschaftlicher Herr König, mir täts genügen, wenn ihr mir een neues Boot schenken tutt. Mehr will ich nich. Nausfahren uffn See will ich, meine Netze auswerfen ... denn eenes misst ihr wissen, gnädiger König:

Der See, der ies mei Schicksal."

***

Das Märchen von der Strohgeige.

In einem kleinen Dorf zwischen Striegau und Schweidnitz lebte einmal ein junger Mann, der in die Tochter des Nachbarn verliebt war. Weil er aber noch sehr jung war und von der großen weiten Welt nichts gesehen hatte, wollte er noch damit warten, bei ihren Eltern um ihre Hand anzuhalten. Ihn drängte es, für einige Jahre durchs schlesische Land zu ziehen, um vom Leben anderer Menschen zu lernen.

Am Abend vor seinem Abschied spielte er auf seiner Geige der Geliebten sein schönstes Liebeslied. Als die Melodie verklungen war, blickte er ihr tief in die Augen und versprach:

„Dieses Lied gehört blußig dir. Keener anderen werd ichs vorspielen. Doas versprech ich dir. Es sull erscht dann wieder erklingen, wenn ich nach meener Heemkehr wieder vor deinem Haus steh und um dich werben tu. Spielte ich's anderswo, doa sulln sich die Saiten meiner Fiedel gleich in Stroh verwandeln."

Nach diesem Versprechen und einem langen Abschiedskuss zog der Jüngling aufs Gebirge zu. Immer wieder blickte er hinüber zum Zobten und gelobte sich, nach seiner Rückkehr mit seiner Auserwählten hinaufzusteigen und von hoch oben dem

Herrn im Himmel ein Lied zu spielen, als Dank für das Glück in seinem Leben.

In jedem Dorf, in dem er Station machte, drückte er, wenn es Abend wurde, seine Geige unters Kinn und spielte viele Lieder, um sein Heimweh und seine Sehnsucht zu bezwingen.

Als er eines Abends nach Hohenfriedeberg kam, wurde auf dem Marktplatz eine große Hochzeit gefeiert. Dem Brautpaar war ein Musikant gerade recht. So flog der Bogen über die Saiten, und Jung und Alt drehten sich im Kreis. Als die Stimmung ihren Höhepunkt erreichte und der Bräutigam seine Braut auf Händen in seine Kammer trug, vergaß der Musikus vor lauter Lebensfreude, was er beim Abschied versprochen hatte. Sein schönstes Liebeslied wollte er spielen, doch seine Geige, die Zeuge des Abschiedsschwurs gewesen war, flüsterte ihm ins Ohr:

*„Brennt deine Lieb noch lichterloh,
dann hüte dich vor trocknem Stroh!"*

Der Jüngling erschrak für einen kurzen Moment. Dann lachte er hell auf und hauchte in die Geige hinein:
„Nur doas eene Mal. Guck doch, sie sein su verliebt, und ich bin's doch ooch."

Mit großem Schwung setzte er den Bogen auf die Saiten, spielte sein schönstes Liebeslied - doch auf der Stelle verwandelten sich diese in Stroh. Über die Misstöne, die plötzlich zu hören waren, lachte die Hochzeitsgesellschaft, und der Wortbrüchige lief weinend in die dunkle Nacht.

Tage und Wochen vergingen.
Der Weg des Jünglings führte vom Schlesischen hinüber ins Böhmische und auch wieder zurück. Wie oft er die Grenze überschritten hatte, wusste er später selbst nicht mehr. Mal hütete er den böhmischen Bauern die Schafe; mal half er den schlesischen, die Ernte einzubringen. Er lernte die Gewohnheiten der Gebirgler kennen, wie auch die derjenigen, die in den Tälern ihre Höfe hatten. Mit seinem Geigenspiel erfreute er alle Menschen, ob diesseits der Grenze oder jenseits; überall war er ein gern gesehener Gast. Sie sangen und tanzten nach seinen Weisen, hielten sich in den Armen und manchmal küssten sie sich beim Tanz. Wenn er das sah, wuchs eine große Sehnsucht in ihm – und immer wieder vergaß er sein Manneswort und stimmte für die Liebenden sein schönstes Liebeslied an. Aber jedes Mal erinnerte ihn die Geige an seinen Schwur.

*„Brennt deine Lieb noch lichterloh,
dann hüte dich vor trocknem Stroh!"*

Diese wiederholten Mahnungen ärgerten ihn sehr. Er wollte diesen Spruch nicht mehr hören. Deshalb spielte er, sobald die Geige zu sprechen begann, lauter und wilder als je zuvor. Die Zeugin des Treueschwurs ließ sich aber nicht entmutigen und verwandelte ihre Saiten in Stroh. Voller Ärger fragte er sie deshalb, warum sie das tue, sie seien doch weit weg von daheim. Da flüsterte ihm die Geige ins Ohr:

„Mein Ton ist hell, mein Ton ist rein,
klingt bis in das Herz deiner Geliebten hinein."

Schweren Herzens erkannte er, wie recht seine Geige hatte und bereute seinen Frevel. Erst wenn er seiner Fiedel hoch und heilig versprach, seinen Vorsatz in Zukunft einzuhalten, spannten sich die Saiten wieder und fanden zu ihrem alten Klang zurück.

Weil er aber gerade diese Melodie so sehr liebte, drängte es ihn, sie wieder einmal ungestört aufzuspielen. So beschloss er, von gleicher Stunde an, heimwärts zu ziehen.

Je näher er dem heimatlichen Dorf kam, umso schneller wurden seine Schritte.

Endlich stand er vor dem gesuchten Haus. Noch im Nähertreten hob er seine Fidel ans Kinn und sein schönstes Liebeslied erklang heller und klarer als je zuvor. Es dauerte auch gar nicht lange, da öffnete sich die Tür. Aus dem Dunkel des Hauses trat eine Frau zögernd hervor, an ihre Brust gedrückt trug sie ein kleines Kind.

Als der Heimkehrer das sah, wollte sein Herz brechen, doch der Fidelbogen hörte nicht auf zu spielen. Wie von einer Geisterhand geführt fuhr er über die Saiten. Das Lied seiner Sehnsucht erklang in zarten, weichen Tönen bis an sein Ende. Nachdem der letzte Akkord verklungen war, hob der Enttäuschte den Kopf, konnte aber vor Tränen seine Geliebte nicht mehr sehen.

Da flüsterte ihm seine Geige ins Ohr:

„Mein Ton war hell, mein Ton war rein, klang bis ins Herz der Geliebten hinein - doch sie hörte zu oft das raschelnde Stroh und suchte die Liebe anderswo."

Enttäuscht hängte der Jüngling seine *Strohgeige* an den nächsten Baum.

„Nu brauch ich dich nimmer. Es hoat sich ausgegeigt. Vielleicht bringste hier uffm Boome[79] eenem Vugelpärchen doas een Naast[80] baun will, een bisserle mehr Glück, als mir.

---

[79] hier auf dem Baum
[80] Nest

Die hässliche Prinzessin.

Nahe der Stelle, an welcher der kleine Fluss Malapane sein Wasser der viel größeren Oder anvertraut, stand einmal ein Schloss. Viele, viele Jahre ist das schon her. Dort lebte ein alter König, dessen Frau verstorben war; dazu auch vier seiner fünf Kinder. Eine einzige Tochter war ihm geblieben.

Der alte König liebte die Prinzessin über alle Maßen, obwohl sie nicht mit Schönheit gesegnet war. Zwischen zwei völlig ungleichen Gesichtshälften stand eine Nase, die einem groben Holzknecht zur Ehre gereicht hätte. Ihre Hände waren so breit und kraftvoll, es wäre für sie ein Leichtes gewesen, einen Brotlaib darin zu zerquetschen.

Eines Tages ritt der König zur Fasanenjagd. Beim Sprung über einen umgestürzten Baum stolperte sein Pferd, bäumte auf und warf seinen Reiter ab. Unglücklicher Weise schlug der König mit seinem Kopf hart gegen einen Fels und verstarb noch am gleichen Tag.

Wie es der Tradition entsprach, wurde seine einzige Tochter zur neuen Königin ausgerufen und ihr die Krone aufs Haupt gesetzt.

Das gefiel weder dem Hofmarschall, noch den Generälen. Keiner wollte sich von einer Frau Befehle geben lassen; schon gar nicht von einer, die so hässlich war.

Die junge Königin spürte diesen Unmut jeden Tag. Sie wollte deshalb Ausschau halten nach einem Gemahl, der sie in ihrer Regierungsarbeit unterstützen könnte. Unverzüglich sandte sie in alle umliegenden Königreiche Boten, die ihre Heiratsabsichten verkündeten.

Es dauerte auch gar nicht lange, da ritt der erste Bewerber durch das Schlosstor. Schnell zog die Prinzessin ihr schönstes Kleid an und setzte sich die goldene Krone aufs Haupt. Mit dieser Geste hoffte sie den Brautwerber zu beeindrucken.

Der Galan trat vor den Thron, zog artig seinen Hut und verbeugte sich tief.

„Ein Prinz bin ich", sagte er, „und wünsche mir, Ihr nähmet mich zu Eurem Gemahl."

Die Umworbene trug vor ihrem Gesicht einen schwarzen Schleier, als traure sie noch immer über den Tod ihres Vaters. Aufmerksam lauschte sie den schmeichelnden Worten des Werbers, der ihre Schönheit lobte und den Reichtum ihres Königreiches. Als er ausgeredet hatte, hob die Prinzessin den Schleier von ihrem Gesicht.

Erschrocken trat der Freier einen Schritt zurück, verbeugte sich ein zweites Mal und verließ hurtig das Schloss.

Auch beim nächsten, der um ihre Hand anhielt, geschah Gleiches. Der Dritte aber floh nicht. Obwohl die Prinzessin inzwischen auf ihren Gesichtsschleier verzichtete, blieb der Brautwerber wie gebannt stehen. Seine Augen waren aber nicht auf die junge Königin gerichtet, er starrte auf eine neben dem Thron stehende, überaus hübsche Hofdame. Von dieser Schönheit war der junge Prinz wie geblendet. Noch nie hatte er eine so schöne Frau gesehen. Mutig trat er nahe an den Thron und fragte die Königin, ob er um diese Jungfrau werben dürfe; sie sei die Schönste, die er je in seinem Leben gesehen habe.

Empört sprang die Königin auf und verwies den frechen Freier des Landes.

In ihrer Wut über diese Beleidigung gab sie dem Hofmarschall den Befehl, jener „Schönen" sofort das Haupt kahl zu scheren und ihr Gesicht täglich dreimal mit Kuhdung einzureiben.

Der Hofmarschall zögerte, wollte etwas erwidern.

„Königin ..."

„Siehst du nicht das Zeichen der Macht auf meinem Kopf? Willst du dich weigern, meinen Befehl auszuführen?"

Sie rückte die goldene Krone zurecht – aber genau in diesem Moment, in dem die Krone fest auf ihrem Kopf saß, spürte sie eine Welle der Demut und Milde durch ihren Körper rauschen. Hatte ihr Vater nicht immer gesagt, ein König müsse sein Volk lieben? Müsse gütig und warmherzig sein. Müsse vergeben und verzeihen können. Durfte sie jetzt, nur weil ihr Gesicht hässlich und das der Hofdame schön war, hartherzig sein.

Schnell rief sie den Hofmarschall zurück:

„Halt! Tut nicht, was ich soeben befohlen habe. Kein Mensch kann etwas dafür, wie er geboren wurde. Die Hässliche nicht, und auch nicht die Schöne. Wenn die Dame es will, so soll sie ihrem Verehrer folgen. Aber eines muss sie wissen: Schönheit unterliegt dem Wandel, Hässlichkeit nicht."

Mit leiser Stimme fügte sie noch hinzu:

„Eines sollt ihr alle wissen: Wenn es also dabei bleibt, dass ich keinen Gemahl finde, will ich meinem Volk stets eine gerechte Königin sein."

Von dem Tag an mühte sie sich, ihrer Stimme einen weicheren Ton zu geben. Auch überlegte sie jedes Wort, welches ihren Mund verließ, um dem gütigen Vater im Reden und Handeln immer ganz nahe zu sein. Weitere Freier wollte sie nicht mehr empfangen.

Eines Tages ging die junge Königin mit ihren Hofdamen im Garten spazieren.

Da lief plötzlich eine seltsame Katze über ihren Weg. Das überaus kräftige Tier trug ein struppiges, feuerrotes Fell. Schnurrend umkreiste es die vielen Beine. Schnell eilte eine Hofdame herbei, wollte die hässliche Katze verscheuchen, doch die Königin beugte sich zu ihr hinab und begann das zottelige Fell zu streicheln.

„Eine solch rote Katze habe ich hier noch nie gesehen. Wo kommst du nur her?"

So angesprochen, hob die Katze ihren Kopf. Entsetzt wich die Königin zurück.

„Mein Gott! Wie siehst du nur aus?", rief sie. „Wie kannst du mich so erschrecken?"

„Miau!", antwortete die Katze und blickte mit ihrem einen Auge die Königin an.

„Ich wollte dir helfen, aber ... wenn ich dir zu hässlich bin?"

„Nein, nein!", beeilte sich die Königin zu sagen, denn das Wort *hässlich* hatte sie tief berührt.

„Nein, nein, verzeih'. Aber sag', wie oder wozu willst du mir helfen?"

„Nur, wenn du mich auf deinen Schoß nimmst und mir genau ins Gesicht siehst, kann ich es dir sagen."

Einen Augenblick zögerte die Königin. Dann bedeutete sie mit einer Handbewegung den entsetzten Hofdamen, sie sollten zurück ins Schloss gehen.

Als die Königin allein war, setzte sie sich auf eine nahe Gartenbank und lockte die Katze zu sich heran. Würdevoll kam das Tier näher, blickte sich mit dem einen Auge nach allen Seiten um und sprang dann mit einem Satz auf den Schoß der Königin.

„Du bist aber schwer", sagte die Königin in ihrem ersten Schreck, besann sich aber und begann das struppige Fell zu streicheln. Lange Zeit ließ es sich die Katze gefallen, als wäre sie noch nie gestreichelt worden. Dann hob sie den Kopf und blickte mit ihrem einzigen hellgrün funkelnden Auge die Königin an. Aus der leeren Höhle des anderen Auges quollen einige Tropfen hervor; es sah aus, als wären es Tränen.

„Du wolltest mir helfen", redete die Königin schnell weiter, weil sie den Blick der einäugigen Katze kaum mehr ertragen konnte. „Warum willst du mir helfen? Weshalb? Wieso? Und vor allem: Wie?"

„Suchst du nicht einen Mann? Ich kann dir helfen, einen zu finden. Müssen wir Hässlichen nicht zusammenhalten?"

Mit allem hatte die Königin gerechnet, nicht aber mit dieser Antwort. Bevor sie aber auch nur ein Wort herausbrachte, sprach die Katze weiter.

„Deine Freier lehnen dich ab, nur weil du hässlich bist. Zeige ihnen deinen Reichtum. Zeige ihnen dein Gold. Du wirst sehen, von diesem Glanz lassen sie sich blenden."

Einen Augenblick dachte die Königin über diese Worte nach. Dann fragte sie die Katze, ob sie glaube, es sei sinnvoll, einen Mann zu bekommen, der sie nur wegen ihres Goldes heirate? Und außerdem besitze sie – außer der Krone - kein Gold, welches die Freier blenden könnte.

„So werde ich wohl für alle Zeit allein bleiben müssen", klagte die junge Königin noch, aber die Katze fauchte sie an:

„Auch als Frau besitzt du die Kraft, allein zu regieren. Aber, bedenke: Wenn du keinen Mann freist, bleibst du ohne Kinder. Wem willst du eines Tages dein Königreich vererben? Wegen des Goldes mach dir keine Sorgen. Ich bin ja hier, um dir zu helfen. Wenn du mich mitnimmst in dein Schlafgemach und mir gestattest, neben dir zu liegen, lege ich dir goldene Eier ins Bett, so viel du nur haben magst."

„Was erzählst du da? Eine Katze legt keine Eier, das weiß ich wohl. Ich will auch kein Gold, mit dem ich mir einen Freier erkaufen kann. *Mir wäre es lieber, du wärest ein Mensch* mit all deiner Hässlichkeit."

Durch den Körper der Katze lief ein Zittern und aus der leeren Augenhöhle perlten erneut Tränen.

„Du wünscht dir, ich wäre ein Mensch? Bedenke aber, als Mensch vermag ich nicht, goldene Eier zu legen."

Die Königin musste sich sehr beherrschen, um nicht laut loszupoltern.

„Erspare mir dein Märchen von einer Katze, die goldene Eier legt. Lügen sind viel schlimmer als Hässlichkeit. Wenn du glaubst, überirdische Fähigkeiten zu besitzen, dann kennst du auch meinen ernsten und innigen Wunsch: *Mir wäre es lieber, du wärest ein Mensch.* Am liebsten ein Mann, den ich ehelichen kann. Je hässlicher du bist, umso treuer wirst du mir sein."

Wieder lief ein Zittern durch den Körper des Tieres. Eilig wischte es mit der Pfote über die leere Augenhöhle.

„Ich bin kein Zauberer, Königin. Ich bin aber auch kein Lügner. Lass' in der Nacht dein Fenster offen. Ich komme zu dir und beweise dir mein Können."

Die Königin dachte lange über alles nach, was soeben geschehen war. Der ganze Hofstaat würde darüber tuscheln, nähme sie diese hässliche Katze mit in ihr Schlafgemach. Wüssten die Leute auch noch vom Gerede der Katze, sie könne goldene Eier legen, sie würden alles für gefährlichen Spuk oder sonst eine Narrheit halten. Ausrufen würden sie: ‚Unsere junge Königin ist irre geworden', und der Hofmarschall würde versuchen, sie vom Thron zu stürzen.

Am Abend stand die junge Königin lange am Fenster und überlegte, was sie tun soll. Eigentlich war das, was das Tier erzählt hatte, reiner Unsinn. Dann aber überfiel sie die Angst, die Katze könne glauben, sie werde wegen ihrer Hässlichkeit abgelehnt. Sollte es der Katze genauso ergehen wie ihr? Das wollte die Königin nun wirklich nicht.

So öffnete sie ihr Fenster und wartete, bis die Katze vom nahen Baum herüber auf den Sims sprang.

„Miau, hier bin ich wieder", sagte sie, hüpfte ins Schlafgemach und tapste auf ihren Samtpfoten hinüber zum königlichen Bett. Unschlüssig blieb die Königin am Fenster stehen und blickte auf die Katze, die schwer atmend auf dem schneeweißen Linnen lag. Plötzlich begann das Tier zu würgen – und es würgte und würgte – bis plötzlich aus ihrem Maul etwas Goldenes heraus fiel. Es war nicht so groß wie das Ei einer Gans, es hatte auch nicht die Größe eines gewöhnlichen Hühnereis, es glich eher den Eiern, wie sie die Wachteln legen. Der Glanz aber war unverkennbar.

Sprachlos starrte die Königin die Katze an. Sie wollte fragen: ‚Wie machst du das?', aber die Katze kam ihr mit der Antwort zuvor.

„Wie ich das mache, möchtest du wissen? Das ist eine lange Geschichte, aber ich will sie dir kurz erzählen, damit du siehst, dass ich kein Lügner bin."

Noch einmal wischte sich die Katze mit der Pfote über die leere Augenhöhle, dann begann sie zu erzählen. Ihre Stimme klang dunkel und schwermütig.

„Eines Tages hat mich mein Herr weggejagt, allein wegen meiner Hässlichkeit.

Um seiner Peitsche zu entgehen, bin ich in den Wald geflüchtet. Zuerst habe ich nicht gewusst, wovon ich mich ernähren soll. Da habe ich einer Eule zugesehen, wie sie Mäuse gefangen und gefressen hat. Ich habe mich vor Mäusen geekelt, aber der Hunger wurde immer schlimmer. Gras allein hat mich nicht gesättigt. Immer wieder habe ich der Eule zugesehen und dabei bemerkt, dass die Eule die Maus zwar verschluckt, aber nach der Verdauung das Gewölle wieder ausbricht. Vor lauter Hunger habe ich es auch probiert. Das, was bei mir aus dem Magen zurückkam, glich stets einem kleinen goldenen Ei. Warum und weshalb das so ist, weiß ich nicht. Im Wald habe ich schon ein großes Lager mit vielen Goldeiern darin."

Die Katze richtete sich auf und blickte die Königin von oben bis unten an.

„Du hast große, kräftige Hände, mit denen wird es dir ein Leichtes sein, die goldenen Eier ins Schloss zu tragen", sagte sie noch und forderte die junge Königin auf, ihr den Weg frei zu geben.

„Ich will nochmals in den Wald gehen, um noch eine Maus zu fangen."

Die Königin aber verschloss schnell das Fenster, hob die Katze vom Boden auf und legte sie zurück auf ihr weiches Bett.

„Du bist keine Lügnerin. Verzeih', was ich vorhin gesagt habe. Aber trotzdem. Ich möchte dein Gold nicht. *Mir wäre es lieber, du wärest ein Mensch."*

Kaum hatte die Königin zum dritten Mal die Worte: *Mir wäre es lieber, du wärest ein Mensch!* – ausgesprochen, zerriss das Fell der Katze und ein junger Mann trat aus ihm heraus. Seinen Kopf umwucherten feuerrote Haare, das linke Auge fehlte.

„Dreimal hast du dir gewünscht, dass ich ein Mensch wäre, Königin. Damit hast du mich befreit.

Nun darfst du alles wissen.

Ich bin der jüngste Sohn des Königs, dessen Schloss sieben Tagesritte gen Osten in einer weiten Ebene liegt. Sein Hofnarr hat mich stets wegen meiner roten Haare verspottet. Ich sei nicht vom König gezeugt, sondern vom Teufel, hat er dem Vater eingeredet. Soviel Hässlichkeit könne nicht aus königlichem Samen kommen.

Als mich später bei der Jagd ein Speer ins Auge traf, behauptete der Hofnarr, nie würde eine Frau mich als Partner erwählen. Auf ewig würde ich dem Vater zur Last fallen und nur Schande und Spott über ihn und sein Königreich bringen.

Mein Vater glaubte dem Narren und ließ mich von einer Hexe in den Leib einer Katze verbannen. Allein wegen meiner Hässlichkeit wurde ich erniedrigt und musste mich von Mäusen ernähren. Weil ich aber königlichen Blutes bin, verwandelte sich das, was aus meinem Magen zurückkam, in reines Gold.

Der Hexe tat ich aber leid. Deshalb fügte sie ihrem Zauberspruch heimlich hinzu: ‚Wenn sich jemand an einem einzigen Tag drei Mal wünscht, du sollst wieder ein Mensch werden, wirst du frei sein.'

Nun, Königin, du hast es dir gewünscht. So bin ich nun frei. Lass mich gehen."

„Nein, nein", rief die Königin schnell. „Auch ich bin keine Lügnerin. Ich habe mir nicht nur gewünscht, du solltest ein Mensch sein. Ich habe mir auch gewünscht, du solltest mein Gemahl werden. Hast du das vergessen?"

Schon am nächsten Tag wurde Hochzeit gefeiert.

Im darauffolgenden Jahr schenkte die Königin einem wunderschönen Knaben das Leben. Seine roten Haare leuchteten in der Sonne und seinen kräftigen Händen gelang es schon früh, ein Pferd zu lenken und das Schwert zu führen. Seine Kraft und seine Schönheit wurden weitum bekannt und gerühmt.

Der prächtige Prinz war nicht nur der Stolz seiner Eltern, sondern auch aller Untertanen.

Als es an der Zeit war, kamen Boten von weither geritten. Sie priesen die Schönheit ihrer Prinzessin an und luden zu einem Besuch. Bevor er sich auf den Weg machte, segnete ihn die Mutter und riet ihm, nicht nur nach Schönheit Ausschau zu halten.

„Weder Gesicht noch Gestalt werten den Menschen. Allein Anmut und Liebreiz, die im Herzen wohnen, sind Juwelen, die zu erobern es sich lohnt."

***

Das Märchen vom Mann im Mond.

Es lebte einmal ein Märchenerzähler, der hatte in seinem langen Leben schon vielen Menschen mit seinen Geschichten große Freude bereitet. Frei wie ein Vogel zog er durchs schlesische Land. Gefiel es ihm an einem Ort, blieb er länger; war alles erzählt, drängte es ihn, weiterzuziehen. Eines Tages war er wieder einmal auf dem Weg in eine andere Stadt. Vom vielen Laufen schmerzten ihm die Füße. Um ein wenig auszuruhen, setzte er sich an den Rand der Straße und schlief erschöpft ein.

Lautes klägliches Gejammer erschreckte ihn.

Aus welcher Richtung die Laute an sein Ohr drangen, konnte er nicht herausfinden. Immer wieder drehte er sich im Kreis, bis er unter einem verdorrten Straßenbaum ein Kind entdeckte, das bitterlich weinte. So schnell seine Füße ihn nur tragen konnten, eilte der alte Mann dorthin. Am Stamm des Baumes hockte ein kleines Mädchen, dessen Kleid von den vielen Tränen, die es geweint hatte, schon ganz nass war. Besorgt beugte er sich zu ihm hinab.

„Armes Hascherle[81], woas ies dir denn passiert? Wenn's ei meiner Macht stieht, will ich dir gerne helfen."

---

[81] schwächliches Kind

Alles, was er hören konnte, war nur bitteres Schluchzen und Klagen. Verständliche Worte drangen nicht in sein Ohr. So reimte er sich selbst zusammen, was ein weinendes Kind für einen Wunsch haben könnte.

„Willst wohl zu deiner Muttel? Dann stieh uff. Mir werds eene gruuße Freude sein, wenn ich dich zu ihr bring."

Da streckte ihm das Mädchen seine dürren Arme entgegen. Er hob es hoch und setzte es auf seinen Rücken. Doch in welcher Richtung sollte er nach der Mutter des Kindes suchen? Er wusste es nicht. So entschloss er sich, auf seinem Weg weiterzugehen, hin zur nächsten Stadt. Dort, so hoffte er, werde jemand das Kind und seine Mutter kennen.

Nachdem sie eine Weile gelaufen waren, kamen sie an einer Stelle vorbei, an der viele Steine in einem Kreis lagen. In der Hoffnung, es sei ein Brunnen, lenkte der alte Mann seine Schritte dorthin.

„Weeßte,[82] inser Weg ies noch weit", sagte er zu dem Kind. „Lass uns eenen kräftigen Schluck vom kaalen Wasser trinken."

Kaum waren die beiden nahe herangekommen, hörten sie eine Stimme.

„Mein Kind! Mein Kind! Wo ist mein Kind?"

---

[82] Weißt du

Als der Märchenerzähler das hörte, blieb er erschreckt stehen. Zögernd wagte er sich näher, scheute jedoch davor, in die Tiefe zu blicken. Ehe er sich versah, sprang das Kind von seiner Schulter und hüpfte auf den Steinen herum.

Erneut rief die schauerliche Stimme:

„Mein Kind! Mein Kind! Wo ist mein Kind?"

Die Worte klangen grausam und kalt. Den Alten durchfuhr ein Schauer. Vorsichtig streckte er seinen Kopf nach vorn, konnte aber nichts erkennen. Da drangen die gurgelnden Laute zum dritten Mal in seine Ohren.

„Mein Kind! Mein Kind! Wo ist mein Kind?"

In seiner Verzweiflung nahm der alte Mann all seinen Mut zusammen, legte seine Hände wie einen Trichter um den Mund und rief in den Abgrund:

„Aus welcher Nuut[83] oder aus welchem Leide du ei den Brunnen neigefalln sein magst, selbst wenn de freiwillig nei gehopst bist, nie darfste dir wünschen, dein Kind käme ooch nunder zu dir ei doas finstere Luch[84]."

---

[83] Not
[84] Loch

Während er auf eine Antwort wartete, versuchte er nach dem Kind zu greifen, damit ihm kein Unglück geschehe. Ein- oder gar zweimal war er nahe daran, die dürren Kinderbeine zu fassen. Doch dann geschah, was er verhindern wollte.

Mit einem lauten Schrei stürzte das Mädchen in den Schlund. Sein Gekreisch und das der Frau vermischten sich, wurden eins und hallten in tausendfachem Echo wider. Im gleichen Moment zuckte ein gewaltiger Blitz aus der Tiefe empor. Gleißendes, silbriges Licht blendete die Augen des Alten. Ihm war, als wolle sein Herz stille stehen. Als er sich endlich wieder gefasst hatte, wagte er es, in das Loch zu blicken. Ein Krater tat sich vor seinen Augen auf, dessen Grund in tiefes Dunkel gehüllt war. Schwer atmend rief er hinunter:

„Wäre ich nur een junger Mann. Sofort würd ich zu euch nunder steigen, wullt euch erretten. Ei meinem Alter gelingen oaber sulche Kletterkünste nich mehr. Aber, weeßte woas, ich will sofort ei die Stadt loofen und vun dort Hilfe für euch erbitten."

Unverzüglich machte er sich auf seinen Weg. So sehr er sich auch mühte schnell voranzukommen, immer wieder musste er ausruhen und sein Herz beruhigen. Als er erneut verharrte, kam ihm aus dem letzten Dämmerlicht des Tages ein Mann entgegen. Unentwegt drehte der sich im Kreis und blickte nach allen Seiten. Ob er von kleinem, krummem Wuchs war oder nur gebückt lief, war nicht zu erkennen. Sein Gesicht war blass und bleich, seine Haare hingen wirr und zerzaust in langen silbergrauen Strähnen um seine Stirn. Als er nahe herangekommen war, sprach der Märchenerzähler ihn an.

„Nu ja, nu nee, es scheint mir, als tätet ihr was suchen. Wer zu sulch später Stunde noch unterwegs ies, der muss was verloren habn. Woas Wertvolles, meen ich."

Der Fremde blieb stehen, streckte sich aus seiner gekrümmten Haltung hoch und hauchte mit leiser Stimme:

„Mein Kind! Mein Kind! Wo ist mein Kind?"

Der Märchenerzähler wich erschrocken einen Schritt zurück. Waren das nicht die gleichen Worte, die er aus dem Krater gehört hatte?

„Nu, verpucht nochamol. Wer seid ihr denn, Unbekannter?"

„Wer seid ihr? Wer seid ihr?", äffte der Fremde die Worte nach und wurde dabei immer bleicher. „Diese dumme Frage solltet ihr euch sparen. Solange ihr auf dieser Erde schon herumlauft - wenn ich richtig mitgezählt habe, sind es wohl an die achtzig Jahre - genau so lange starrt ihr mich jeden Abend an. Anderen Menschen erzählt ihr falsche Geschichten von mir. Und jetzt meint ihr, mich nicht mehr zu kennen?"

Unentwegt betrachtete der Überraschte das fleckige Gesicht. Irgendwie kam es ihm bekannt vor. Was hatte der Fremde soeben gesagt? Jede Nacht sollte er ihn betrachtet haben? Sogar von ihm erzählt?

Er musste nicht lange nachdenken, bis es ihm einfiel.

„Jetzt weeß ich's. Ihr seid ... nee, das koann nich sein nich. Oder doch? Seid ihr's werklich ... seid ihr ... der *Mann im Mond*?"

„Das Wiedererkennen hat aber lange gedauert."

Inzwischen war es völlig dunkel geworden. Der Märchenerzähler richtete seinen Blick suchend zum Himmel. Die große gelbe Scheibe des Mondes war nicht zu sehen.

„Nu ja, nu nee? Müsst ihr nich mehr dort oben ...?"

„Ihr Menschen seid schon eigenartige Wesen. Hab' nicht gedacht, dass ich einen solch alten Mann noch verwirren kann. Habt ihr vergessen, was heute ist? Neumond. So nennt ihr das doch, wenn ich nicht zu sehen bin. Und warum bin ich an Neumond nicht zu sehen? Es ist der einzige freie Tag, der mir gewährt wird in meiner Verbannung."

Mit hastigen Bewegungen strich er eine Haarsträhne aus seinem Gesicht.

„Aber, was red' ich solange herum? Mein Kind! Mein Kind! Wo ist mein Kind?"

Es dauerte eine Weile, bis sich der Alte von seinem Schreck erholt hatte. Dann rief er dem Mann, der wieder suchend umher lief, schwer atmend hinterher:

„Ich weeß ... ich weeß es ..."

Der Herumirrende blieb kurz stehen und höhnte.

„Dass ich nicht lache! Wenn ein Mensch schon sagt: Ich weiß!, da kann ich nur lachen. Was wisst ihr schon, ihr Menschen. Nichts wisst ihr. Rein gar nichts."

Der Gescholtene setzte sich mit gekreuzten Beinen auf die Erde und hoffte, der Fremde werde bei ihm verweilen. Der *Mann im Mond* schien auch Gefallen daran zu finden, mit einem Menschen reden zu können.

„Erzählt ihr nicht überall, ich sei ein übler Zeitgenosse gewesen? Faul und arbeitsscheu. Holz soll ich gestohlen haben. Alles Lügen. Reine freche Lügen. Nur weil ihr für eure Geschichten einen Bösewicht braucht, schiebt ihr alle Schuld auf mich. Oft genug hab' ich zugehört. Habe zuhören müssen. Wäre nicht manchmal eine Wolke gnädig gewesen und hätte sich dazwischengeschoben ..."

Voller Unmut unterbrach der eine Alte den anderen.

„Bitte scheen, verzeiht mir, wenn ich woas Falsches über euch erzählt hab. Keen Mensch weeß genau, warum ihr uff den Mond verbannt wurdet."

„Sag ich doch. Nichts wisst ihr, rein gar nichts. Sagte ich's euch, warum ich geworden bin, was ich nun bin, würdet ihr mir glauben?"

Er sei sehr interessiert, die Wahrheit zu erfahren, versicherte der Märchenerzähler dem so wundersamen Geschöpf.

„Seit wann interessiert sich einer, der den Menschen Märchen erzählt, für die Wahrheit? Ihr seid wirklich zum Lachen."

Aber er lachte nicht, sondern begann seine Geschichte zu erzählen.

„Ihr werdet es nicht glauben, auch ich war in meinem Erdenleben einer wie ihr: ein Erzähler. Bin genau wie ihr von Ort zu Ort gewandert und habe mit meinen Märchen den Menschen Freude bereitet."

Er atmete tief und kräftig ein und aus. Es schien, als überlege er dabei, ob er seine Geschichte wirklich preisgeben solle. Doch dann erzählte er weiter.

„Eines Tages sah ich unter meinen Zuhörern eine Frau, die ein geheimnisvolles Leuchten umgab. Abend für Abend saß sie im großen Kreis, jedoch stets in der hintersten Reihe. An dem Tag aber, an dem sie es wagte, ganz nahe vor meinen Füßen zu hocken, zog ein furchtbares Unwetter auf. Es donnerte und blitzte, als solle die Welt untergehen. Alle Zuhörer liefen davon, suchten Schutz in ihren Häusern. Die so eigenartig leuchtende Frau blieb bei mir. Mir war, als wisse sie nicht, wohin sie gehen solle. Für mich wusste ich in der Nähe eine kleine Höhle, in der ich in den letzten Nächten schon geschlafen hatte."

Mit leiser Stimme erzählte er weiter.

„'Komm mit', habe ich zu ihr gesagt, und sie ist mir gefolgt. Es wurde eine wundersame Nacht, wenn ihr wisst, was ich meine."

Mit beiden Händen strich er sich die Silberhaare aus dem Gesicht, als wolle er eine Erinnerung auslöschen.

„Am anderen Morgen habe ich es gewagt, sie zu fragen, woher ihr seltsames Leuchten käme. Ich hätte es nicht tun sollen. Zuviel Neugier ist nicht gut. Sie hat sich von mir gelöst und es mir verraten.

‚Ich bin ein Engel, der auf die Erde geschickt wurde.'

Das waren ihre ersten Worte, die sie zu mir gesprochen hat. Ob **sie** mir jetzt ein Märchen erzählen wolle, habe ich zurückgefragt. Da hat sie ganz leicht den Kopf geschüttelt und mir erklärt:

‚Überall auf der Erde werden Engel zu den Menschen geschickt. Jeden Tag. Dem einen bringen sie Trost, anderen Hilfen. Menschenaugen können uns nicht sehen. Deshalb glauben sie auch nicht daran, dass es uns gibt.'

Aber, ich habe dich doch gesehen, habe ich zu ihr gesagt.

‚Weil ich gesündigt habe', war ihre Antwort. *‚Mir war aufgetragen, dich vor einer giftigen Schlange zu beschützen. Das habe ich auch getan, aber als ich deine warme, betörende Stimme hörte, habe ich bei dir verweilt. Nach Erledigung meiner Aufgabe*

wäre es meine Pflicht gewesen, sofort zurück zu eilen. Blitz und Donner waren die Antwort, du hast es doch selbst miterlebt. Nun fürchte ich mich vor der Strafe, die mich erwartet'."

Suchend blickte sich der Mann im Mond um, erzählte dann aber weiter.

„Natürlich bin ich zuerst erschrocken. Wer erschrickt nicht, wenn er erfährt, er habe einen Engel in den Armen gehalten. Ich fühlte mich schuldig. Mein Herz war aber immer noch voller Glück und Seligkeit. In meiner Unvernunft habe ich vorgeschlagen, sie solle mich mitnehmen auf ihrem Heimweg. Vielleicht könne ich ein gutes Wort für sie einlegen. Lange genug sei ich auf der Erde herumgelaufen. Es wäre mir eine Freude, mit ihr ins Paradies zu gelangen."

Wieder strich er mit seinen Händen über seine Haare.

„Was weiß ein Mensch schon?

Aber, das hatte ich ja schon gesagt. Nichts weiß der Mensch über das, was über ihm ist. Nichts. Seine Sinne taugen dazu nicht. Im Glauben, der eigene Wunsch könne einen Menschen davontragen, habe ich den Engel eng umschlungen. Er faltete die Flügel aus – und schon schwebten wir davon."

Nach diesen Worten hockte er sich dicht neben den Lauschenden und begann zu weinen. Tröstend wollte dieser ihm seinen Arm auf die Schulter legen, doch der *Mann im Mond* stieß ihn zurück.

„Lasst das", sagte er schroff. „Ihr wisst nicht, was ihr tut. Irdisches und Überirdisches, das sind verschiedene Welten. Damals wusste ich das auch noch nicht. Bis vor das große Tor sind wir geflogen, aber man ließ mich nicht ein. Nachdem, was ich dem Engel angetan hätte, sei ich unerwünscht, wurde mir verkündet. Auf die Erde wollte ich aber nicht zurück, habe ich trotzig erklärt; und ehe ich mich versah, war ich verbannt – auf den Mond. Seit dieser Zeit bin ich weder Mensch noch himmlisches Wesen. Könnt ihr ermessen, wie elend ich mich fühle?"

Zu gern hätte der alte Mann den Weinenden gefragt, was aus dem Engel geworden ist, der ihn vor einer giftigen Schlange beschützt hat. Der Mann im Mond schien aber alle Gedanken wie ausgesprochene Worte zu hören.

„Mein Engel, mein armer Engel. Er wurde zur Strafe für seine Sünde aus dem Paradies geworfen. Habt ihr nicht selbst in den Krater geschaut, den sein Aufprall formte?"

Der Silbergraue ballte seine Fäuste, als wolle er auf seinen Gesprächspartner einschlagen.

„Eure Schuld ist es, dass mein Kind, unser Kind, hineingestürzt ist. Ich wollte es zu mir auf den Mond holen. Hoffte, nicht mehr so allein sein zu müssen. Als es aber in der Tiefe seine Mutter berührte, geschah das Unausweichliche. Es verlor alles, was ich das Meine nenne. Ein Engel gebiert nichts Irdisches; aus Engelkindern werden neue Sterne. Mit einem gewaltigen Blitz fuhr mein Kind, unser Kind, in die Unendlichkeit. Es wurde zu einem neuen Stern. Ihr habt doch alles selbst mit angesehen."

Aufmerksam hatte der, der sonst lange Geschichten erzählt, dem Redeschwall gelauscht. Nach einer Weile wagte er zu fragen:
„Nu ja, nu nee. Wenn ihr das alles wisst, warum looft ihr dann kreuz und quer durch den Wald und sucht nach dem Kind uff der Erde?"
„Warum? Ja, warum? Es ist wohl das letzte Irdische, das noch in mir steckt", gab der *Mann im Mond* zur Antwort. „Die Unvernunft ist es; diese menschliche Unvernunft."
Endlich ließ er seine erhobenen Fäuste sinken und bat darum, man möge ihm helfen, den Krater zuzuschütten. Leichter als gedacht ließen sich die Steine bewegen; und es dauerte nicht lange, dann war von dem Loch nichts mehr zu sehen. Danach wischte der Mondmann wieder die strähnigen Haare aus seinem Gesicht.
„Nun muss ich mich sputen. Eine Neumondnacht ist nur kurz. Welches Unheil mir

droht, wäre ich nicht rechtzeitig zurück, wer weiß das schon? Morgen, lieber Märchenfreund, so darf ich doch sagen, morgen sehen wir uns wieder – aus gewohnter Ferne. Und solltet ihr mein Sternenkind sehen wollen, ihr erkennt es an seinem blauen Leuchten."

Langsam drehte sich der *Mann im Mond* weg. Bevor ihn aber die Dunkelheit verschluckte, wandte er sich noch einmal um.

„Nun erzählt keine Lügen mehr über mich. Jetzt wisst ihr, wie es gewesen ist. Weder Faulheit noch Holzdiebstahl verbannten mich auf den kalten Mond. Es war ... die Liebe. Nun gut, es war eine verbotene Liebe. Aber, darf es so etwas überhaupt geben? Liebe verbieten?"

Nach diesen Worten verschluckte ihn die Nacht.

Als der Märchenerzähler aus seinem Schlaf erwachte, überfiel ihn eine große Traurigkeit. Müde vom langen Leben wäre sein allergrößter Wunsch gewesen, mit seiner Traumgestalt in die große Dunkelheit zu gehen. Ob hinauf auf den Mond oder auch sonst wohin. Nun aber, wieder aufgewacht, blieb ihm nichts anderes, als weiter auf dieser Erde herumzuwandern. Doch der Traum vom *Mann im Mond* hatte ihm eine große Lehre offenbart:

Dem göttlichen Willen eigene Wünsche entgegen zu setzen, ist nicht einmal einem Engel es erlaubt.

***

In der Reihe: **Erzählungen aus Schlesien** sind erschienen:

Der Zwirlezwack ISBN 978-3-734758-41-6
Mechthild ISBN 978-3-738622-66-9
Märchen 1 ISBN 978-3-738654-51-6
Märchen 2 ISBN 978-3-739234-31-1

in Vorbereitung:

Sommersingen